U0905490

孤独是一个人的清欢

林清玄 著

中国友谊出版公司

文学是欢喜的，写的人欢喜，读的人也欢喜。

生而为人，心灵犹如暗夜的天空，从前我们在人间生起的爱犹如星星点灯，使我们的心空温柔而明亮，繁华而有致。

生命的一切成长，都需要时间。

要温和的爱，这样方得久远，

太快和太慢，其结果都是一样迟缓。

如果有人来问我关于圆满的事，我会效法古代禅师说：

“喝茶时喝茶，吃饭时吃饭，睡觉时睡觉，说什么圆满？”

心里总是不忘对你真诚的祝福，就像夜夜不忘升起的星星。

生命之所以有这么多不同，有着各种因缘和关系，

是希望我们能从孤单中走出，试着去知道生命的不足。

花季正是花祭，蝶生旋即蝶灭，

只是赏花看蝶的人很少做这样的深思，因此很少人是庄子。

目录

第一辑 以欢喜心过生活

春时享受花红草绿，冬时欣赏冰雪风霜，晴天时爱晴，雨天时爱雨。

第二辑 以平常心生情味

人世里，一件最平凡的事物也许都是我们永难悉知的，即使微小如莲子，也有一套生命的大学问。

第三辑 以清净心看世界

茫茫大千世界里，每个人都应保有一个自己的小千世界，这小千世界是可以思考、神游、欢娱、忧伤甚至忏悔的地方，应该完全不受干扰。

第四辑 以柔软心除挂碍

如果只能许三个愿望，一是成为好作家，写出生命中美好的情景；二是离开小小的故乡，去探访远大的世界；三是找到一位身、心、灵完全相契的伴侣，过着幸福快乐的日子。

第五辑 以从容心品百味

生命的过程原本平淡无奇，情感的追寻则波涛万险，如何在平淡无奇、波涛万险中酿出一滴滴花蜜，还能与人分享，还能流传，才算不枉此生。

第一辑

以欢喜心过生活

春时享受花红草绿，

冬时欣赏冰雪风霜，

晴天时爱晴，

雨天时爱雨。

送你一勺西湖水

人心必须珍藏某种信念，

必须握住某种梦想与希望，

必须有彩虹，必须有歌可唱，

必须有高贵的事务可以投身。

——杜威

在杭州的旅途中，一位温婉细致的少女送了我一个装满水土的瓶子，还附了一封信。

我忙完了在杭州的演讲后，回到旅店，仔细地读这封信，忍不住眼睛湿润起来：

得知先生是第一次来大陆，我真是好感动、好感动，想哭。不知道先生有没有回到家的感觉？记得先生在书中写过，每次离家远行，母亲总要您带上一个小瓶子——装着家乡水土的小瓶子。

那一瞬间，我突然有一个很美好的愿望——希望林先生离开大陆回台湾时带上一瓶本地的水土。

我送先生的瓶子里，装的是西湖的水和白堤、苏堤的泥土。

我今天起了一个大早，骑车到白堤和苏堤分别取了些泥土，又在西湖里打了瓶水。回来的路上，雨下得挺大，汗水、雨水，还有泪水一起顺着脸颊淌下来。那是兴奋和幸福的泪啊！终于把先生给盼来了！只是，先生为我们做了那么多，而我为先生做的只能是这么一点了。

白堤和苏堤是白居易和苏东坡在杭州任职时为便利百姓而修建的，而先生您此次来杭，则给杭州乃至整个大陆的人们带来了心灵的甘露，从这种意义上说，你们是一样的。

送白堤、苏堤的泥土，就是出于这样一种感激的心情，希望这个小小的瓶子能保佑先生旅途顺利、身体健康。

我把那装满水土的瓶子打开，闻到一股水草的芬芳，看着瓶了上的两行小字："心里总是不忘对你真诚的祝福，就像夜夜不忘升起的星星。"我的内心洋溢着满满的感动，想到这是我第一次回到大陆，第一站是在杭州，就有人送给我如此珍贵的、无价的礼物。这礼物是出自一颗纯美温柔的心灵，以及天真烂漫的情怀。

将西湖的水土细心地收进我的行李箱中，我想我将会把它带回台北，放在书案上，在写作读书的时候，我就会怀想在西湖边散步、在西湖上泛舟以及在西湖茶馆饮龙井的日子，当然我也会念起在杭州认识的许多朋友，我们虽迢遥千里，却能飞越时空，以心灵相会。

想起从中国台北出发到大陆之前，一些经常往返的朋友对我说："大陆的青年朋友非常纯朴，但是非常'木讷'，不善于表达感情。"

走过几个城市之后，我才发现完全不是如此，大陆的青年朋友不但十分热情，而且也勇于把心里的情感表达出来。他们在听演讲时掌声特别热烈、笑声格外响亮；他们在向我倾诉时态度诚挚、眼神分外动人，甚至有一位年轻的朋友清晨五点钟到山上摘了两束野花，插在我客居旅店的窗前……

他们的热情就像熊熊的烈火，每天都让我处在感动之中。

我一向认为，如果一个人心中充满了爱，却不懂得如何表达，那不仅自己活在痛苦中，对别人而言，也等于是没有爱一样。所以，内心的情感和外在的表达同等重要。

再深一层说，如果一个人内心的爱还不够充盈，但只要有一点的关怀、一点的善意、一点的温柔，试着把那一点表达出来，久而久之，内心的情感也会因为清晰而深刻，因深刻而充沛了。

爱的表达并不一定需要物质，例如情人节一定要买玫瑰花；爱的表达也不必要昂贵的礼物，例如送黄金钻戒；爱的表达更不必要落于形式，例如上黄山锁上连心锁。

因为，落于形式的，就会轻忽内容。

因为，落于物质的，就会缺少灵气。

因为，凡是昂贵的礼物都有价格，而真正的爱是无价的。

懂得表达爱的人，一声赞美、一个微笑、一束野花、一勺西湖水，都是无价之宝，其中都充满了珍贵的心、淳美的情感。

懂得表达爱的人，不仅懂得付出，也会懂得宽容；不仅懂得温柔，也会懂得坚持；不仅懂得珍惜，也会懂得无私……更重要的是，懂得表达爱的人，仿佛内心经过洗涤，变得清澈纯净，久而久之，恨也就无影无踪了。

从青年时代，我就期许自己成为懂得爱并懂得表达爱的人，我的文章也是在为自己的情感寻找出路，并且在寻找万里外相知的人。这就像雨中取来的西湖水，有着无价的心意。

这次到大陆，在许多大学演讲，我总是反复强调感觉的深刻体会的重要，以及美与爱的追寻和表达。遇到许多深深感动我的年轻朋友时，我总觉得我们不需要言语，只需要微笑，还有真诚的注视。

我多么希望把浙江大学医学系的盛雯雯送我的西湖水，分送给我遇到的每一位青年朋友，希望大家都能把爱表达出来。那是因为生命无常，我们能在偶然的时空中心灵交会，那种喜悦，一生又会有几次呢？

此刻，我住在黄山下的旅店，从窗子望出去，可以看到满天升起的星星，繁星是夜的眼睛，正注视着屯溪这个小城。想到在我幼年的时候，总觉得逝去的日子并未真正消失，而是一颗一颗升上天空，化为星辰，并照亮着未来的路。

童年的祝愿虽然天真，却是诚挚的。生而为人，心灵犹如暗夜的天空，从前我们在人间生起的爱犹如星星点灯，使我们的心空温柔而明亮，繁华而有致。

我们点亮过许多星星，我们还可以点亮无数的星星，虽然人世寂寥黯淡，我们也可以互相照亮。

生命是一个又一个的旅店，送你一勺西湖水呀！愿你旅途顺利，平安无恙。

想到我在幼年的时候，总觉得逝去的日子并未真正消失，

而是一颗一颗升上天空，化为星辰，并照亮着未来的路。

生活中美好的鱼

在金门的古董店里，我买到了一个精美的大铜环和一些朴素的陶制的坠子。

这是我从未见过的东西，使我感到疑惑。

古董店的老板告诉我，那是从前渔民网鱼的用具，陶制的坠子一粒一粒绑在渔网底部，以便下网的时候，渔网可以迅速沉入海中。

大铜环则是网眼，就像衣服的领子一样，只要抓住铜环提起来，整个渔网就提起来了，一条鱼也跑不掉。

我住在梧江招待所，夜里听见庭院里饱满的松果落下来的声音，就走到院子里去捡松果。秋天的金门，夜凉如水，空气中有薄荷清凉的味道，星星月亮一如水晶，我突然想起韦应物的一首诗《秋夜寄丘二十二员外》：

怀君属秋夜，

散步咏凉天。

空山松子落，

幽人应未眠。

想到诗人在秋天的夜晚，散步于薄荷一样清凉的院子里，听见空山里松子落下的声音，想到那幽静的人应该与我一样在夜色中散步，还没有睡着吧！忽然感觉韦应物的这首诗不是寄给丘员外，而是飞过千里、穿越时空，寄来给我的吧！

回到房中，我把捡来的松果放在那铜环与陶坠旁边，觉得诗人的心与我的心十分接近。诗人、文学家、艺术家，乃至一切美的创造者，正是心里有铜环和陶坠的人。在茫茫的生命大海中，心灵的鱼在其中游来游去，一般人由于水深海阔看不见美好的鱼，或者由于粗心轻忽，鱼就游走了。

有美好心灵、细腻生活的人，则是把陶坠深深沉入海中，由于铜环在手，波浪的涌动和鱼的游动都能了然于心，垂丝千尺，意在深潭，捕捉到那飘忽不定的思想的鱼、观点的鱼。

作为平凡人的喜乐，就是每天在平淡的生活里找到一些智慧的鱼，时时在凡俗的日子捞起一些美好的鱼。

让那些充满欲望与企图的人，倾其一生去追求伟大与成功吧！

让我们擦亮生命的铜环和生活的陶坠，每天有一点甜美、一点幸福，

在茫茫的生命大海中，心灵的鱼在其中游来游去，

一般人由于水深海阔看不见美好的鱼，或者由于粗心轻忽，鱼就游走了。

就很好了。

夜里散散步，捡拾落下的松果，思念远方的朋友，回想生命中的种种美好，这平淡无奇的生活，自有一种清明、深刻和远大呀！

过火

这是冬天刚刚走过，春风蹑足敲门的时节，天气像是晨荷巨大叶片上浑圆的露珠，晶莹而明亮，台风草和野姜花一路上微笑着向我们招呼。

妈妈一早就把我唤醒了，我们要去赶一场盛会，在这次妈祖生日盛会里有一场过火的盛典，早在几天前我们就开始斋戒沐浴，妈妈常两手抚着我瘦弱的肩膀，幽幽地对爸爸说：“妈祖生日时要带他去过火。”

“火是一定要过的。”爸爸坚决地说，他把锄头靠在门侧，挂起了斗笠，长长叹一口气，然后我们没有再说什么，就围聚起来吃着简单的晚餐。

从小，我就是个瘦小而忧郁的孩子，每天爬山过河并没有使我的身体勇健，父母亲长期垦荒拓土的恒毅忍艰也丝毫没有遗传给我。

爸爸曾经为我做过种种努力，他一度希望我成为好猎人，每天叫我背着水壶跟他去打猎，我却常在见到山猪和野猴时吓得失声大哭，使得

这是冬天刚刚走过，春风蹑足敲门的时节，天气像是晨荷巨大叶片上浑圆的露珠，

晶莹而明亮，台风草和野姜花一路上微笑着向我们招呼。

爸爸几度失去他的猎物，然后就撑着双管猎枪紧紧搂抱着我，他的泪水濡湿我的肩胛，喃喃地说："怎么会这样，怎么会生出这样的孩子……"

他又寄望我成为一个农夫，常携我到山里工作，我总是在烈日炙烤下昏倒在正需要开垦的田地里，也时常被草丛中蹿出的毒蛇吓得屁滚尿流，爸爸不得不放下锄头跑过来照顾我。醒来的那一刻我总是听到爸爸悠长而悲伤的叹息。

我也天天暗下决心要做一个男子汉，慢慢地，我变得硬朗了，爸妈也露出欣慰的笑容，可是他们的努力和我的努力一起崩溃了，在我的孪生弟弟七岁那年死的时候。

眼见到和自己长得一模一样的弟弟死去，我竟也像死去一半了，失去了生存的勇气，我变成一个失魂落魄的孩子，每天眉头深锁、形销骨立，所有的医生都看尽了，所有的补药都吃尽了，换来的仍是叹息和眼泪。

然后爸爸妈妈想到神明，想到神明好像一切希望都来了。

神明也没有医好我，他们又祈求十年一次的大过火仪式，可以让他们危在旦夕的儿子找到一丝生命的火光。

我强烈地惦怀弟弟，他清俊的面容常在暗夜的油灯中清晰浮现出来，他的脸是刀凿般深刻，连唇都有血一样的色泽。我们曾脐带相连地度过了许多快乐和凄苦的岁月，我念着他，不仅因为他是我的兄弟，更主要的是我们生命血肉的最根源处紧紧相连。

弟弟的样貌和我一模一样，个性却不同，弟弟强韧、坚毅而果决，我是忧郁、畏缩而软弱。如果说爸爸妈妈是一间使我们温暖的屋宇，弟弟和我便是攀爬而上的两种植物，弟弟是充满霸气的万年青，我则是脆弱易折的牵牛，两者虽然交缠分不出面目，却又是截然不同，万年青永远盎然充满炽盛的绿意，牵牛则常开满忧郁的小花。

刚上一年级，弟弟在上学的长途中常常负我涉水过河，当他在湍急的河水中苦涉时，我只能仰头看白云缓缓掠过。放学回家，我们要养鸡鸭，还要去割牧草，弟弟总是抢着做工，把割来的牧草与我对分，免得我回家招来爸妈责备的目光。

弟弟也常为我的懦弱吃惊，他每次在学校里打架输了，总要咬牙恨恨地望我。有一回，他和班上的同学打架，我只能缩在墙角怔怔地看着，最后弟弟打输了，跌坐在地上，嘴角淌着细细的血丝，无限哀怨地凝睇着他无用的哥哥。

我撑着去找他，弟弟一把推开我，狂奔出教室。

那时已是秋深了，相思树的叶子黄了，灰白的野芒草在秋风中杂乱地飞舞，弟弟拼命奔跑，像一只中枪惊慌而狂怒的白鼻心，要借着狂奔吐尽心中的最后一口气。

“宏弟，宏弟。”

我嘶开喉咙叫喊。弟弟一口气奔到黑肚大溪，终于力尽了颓坐下来，缓缓地躺卧在溪旁，我的心凹凸如溪畔团团围住弟弟的乱石。

风，吹得很急。

等我气喘吁吁赶到，看见弟弟脸上已爬满了泪水，一张脸湿漉漉的，嘴边还凝结着暗褐色的血丝，脸上的肌肉紧紧地抽着，像是我们农田里用久了的水泵。

我坐着，弟弟躺卧着，夕阳斜着，把我们的影子投照在急速流去的溪水中。弟弟轻轻抽泣很久，抬头望着天云万叠的天空，低哑着声音问：“哥，如果我快被打死了，你会不会帮助我？”

之后，我们便紧紧相拥放声痛哭，哭得天都黄昏了，听见溪水潺潺，才一言不发走回家。那是我和弟弟最后的一个秋天，第二年他便走了。

爸爸牵我的左手，妈妈执我的右手，在金光万道的晨曦中，我们终于出发了。一路上远山巅顶的云彩千变万化，我们对着阳光的方向走去，爸爸雄伟的身躯和妈妈细碎的步子伴随着我。

从山上到市镇要走两小时的山路，要翻过一座山、涉过几条溪水，因为天早，一路上雀鸟都被我们的脚步声惊飞，偶尔还能看见刺竹林里松鼠忙碌地跳跃，我们没有说什么话，只是无声默默前行，一直走到黑肚大溪，爸爸背负我涉水到对岸，突然站定，回头怅望迅即流去的溪水，隔了一会儿说：

“弟弟已经死了，不要再想他。”

“爸爸今天带你去过火，就像刚刚我们走水过来一样，你只要走过火堆，一切都会好转。”

爸爸看到我茫然的眼神，勉强微笑着说：

“只不过是一个小小的火堆罢了。”

我们又开始赶路，我侧脸望着母亲手挽花布包袱的样子，她的眼睛里一片绿，映照出我们十几年垦拓出来的大地，两只眼睛水盈盈的。

我走得慢极了，心里只惦念着家里养的两只蓝雀仔，爸爸索性把我负在背上，越走越快，甚至把妈妈丢在了远远的后头。

穿过相思树林的时候，我看到小路尽头处有一片斑驳的阳光。

一个火堆突然莫名地闪过我的脑海。

抵达小镇的时候，广场上已经聚集了黑压压的人群，这是小镇十年一次的做醮，鼎沸的人声与笑语嗡嗡地响动。我从架满肥猪的长列里走过，猪头布满了绷起的线条，猪口里含着金橙色的新鲜橘子，被剖开肚子的乳猪们竟微笑着一般，怔怔地望着溢满欣喜的人群。

广场的左侧被清出一块光洁的空地，人们已经围聚在一起，看着空地上正猛烈燃烧的薪材，爸爸告诉我那些木材至少有四千斤，火舌高扬着冲上了湛蓝的天空，在毕毕剥剥的柴裂声中，我仿佛听见人们心里狂热的呼喊，人们的脸蛋都烘成了暖滋滋的鲜红色。两个穿着整齐衣着的人手拿一丈长的竹竿正挑着火堆，挑一下，飞扬起一阵烟灰，火舌马上又追了上来。

一股刚猛的热气扑到我脸上，像要把我吞噬了。妈妈拉我到怀中，说："不要太靠近，会烫到。"正在这时，广场对角的戏台咚咚锵锵地响起了锣鼓，扮仙开始，好戏就要开锣了。

咚咚锵锵，咚咚锵，柴火慢慢变小了，剩下来的是一堆红通通的火炭，裂成大大小小一块块，堆成一座火热的炭山。我想起爸爸要我走火堆，看热闹的心情好像一下子被水浇灭了。

"司公来了！司公来了！"人群里响起一阵呼喊，人们全望向相同的方向，一个身穿黑色道袍、头戴黑色道帽的人走来，深浓的黑袍上罩着一件猩红色的绸缎披肩，黑帽上还有一枚鲜红色的帽粒。

人群让开一条路，那个又高又瘦的红头道士踏着八卦步一摇一摆地走过来，脸像一张毫无表情的画像。

人们安静下来了。

我却为这霎时的静默与远处吵闹的锣鼓而微微地颤抖。

红头道士做法事的另一边，一个赤裸着上身的人正颤颤地发抖，颤动的狂热使人群的焦点又注视着他。爸爸牵我走过去，他说那是神的化身，叫作乩童。

乩童吐着哇哇不清的语句，他的身侧有一个金炉和一张桌子，桌上有笔墨和金纸。他摇得太快，使我的眼睛花了，他提起笔在金纸上乱画一通，有圈、有钩、有直，我看不出那是什么。爸爸领了一张，装在我的口袋里，说可以保佑我过火平安，平安符装在我的口袋里便可以安心去过火了。

呜——呜——呜！呜！

远远望去，红头道士正在木炭堆边念咒语，烟雾使他成为一个诡异的立体，他左手持着牛角号，吹出了低沉而令人惊撼的声音。右手的一条蛇头软鞭用力抽打在地上，发出“啪啪”的响声，鞭声夹着号角声，人人都被震慑住了。

爸爸说，那是用来驱赶邪鬼的。

后来，道士又拿来一个装了清水的碗和盛满盐巴的篮子，他含了一口水，“噗”一声喷在炭上，“嗤——”一阵水烟升腾起来，他口中喃喃，然后把一篮盐巴遍撒在火堆上。三乘小轿在火堆旁绕圈子，有人拿长竹竿把火堆铺成一丈长、四尺宽的火毡，几个精壮的汉子用力拨开人群，口里高呼着：“请闪开，过火就要开始了。”

三乘小轿越转越快，转得像飞轮一样。

妈妈紧紧把我抱在怀中。

三乘小轿的轿夫齐声呼喝，便按顺序跃上火毡，“嗤”一声，我的心一阵紧缩，他们跨着大步很快地从火毡上跑过去，着地的那一刻，所有人都从梦般的静默里惊呼起来，一些好事的人跑过去看他们的脚，这时，轿夫笑了。

“火神来过了，火神来过了。”许多人忍不住狂呼跳叫。

红头道士依然在火堆旁念着神秘的、不可知的像响自远天深处的咒语。

过火的乡人们都穿着一式的汗衫短裤，露出黝黑而多毛的腿，一排排的腿竟像冒着白烟，蒸腾着生命的热气。

那些腿都是落过田水的，都是在炙毒的阳光和阴诈的血蛭中慢慢长成，生活的熬炼就如火炭一直铸着他们——他们那样兴奋，竟有一点儿像去赶市集一样，人人面对炭火总是有些惊惶，可是老天有眼，他们相信这一双肉腿是可以过火的。

十二月天，冷酸酸的田水和春天火炙炙的炭火并没有不同，一个是生活的历练，一个是生命的经验，都只不过是农人与天运搏斗的一个节目。

轿子，一乘乘地采取同样的步姿，夸耀似的走过火堆。

爸爸妈妈紧紧牵着我，每当“嗤”的声音响起，我的心就像被铁爪抓紧一般，不能动弹。

司锣的人一阵紧过一阵地敲响锣鼓。

轿夫一次又一次将他们赤裸的脚踝埋入红艳艳的火毡中。

随着锣鼓与脚踝的乱蹦乱跳，我的心也变得仓皇异常，想到自己要迈入火堆，像是陷进一个恐怖的海上噩梦，抓不到一块可以依归的浮木。

一张张红得诡谲的玄妙的脸闪到我的眼睫里来。

我抓紧父母微微渗汗的手，思及弟弟在天地的风景中永远消失的一幕，他的脸像被火烤焦的紫红色，头一偏，便魇魇似的去了，床侧焚烧的冥纸耀动鬼影般的火光。

在火光的交叠中，我看到领过符的乡民一一迈步跨入火堆。

有的步履沉重，有的矫捷，还有仓皇跑过的。

我看到一位老人背负着婴儿走进火堆，他青筋突起的腿脚毫不迟疑地迈进火中，使我想起顶上红绿交糅的庄严画像。爸爸告诉我，那是他重病的小儿子，神明会用火来医治他。

咚咚锵锵，咚咚锵。

远处的戏锣和近处的锣鼓声竟交缠不清了。

“阿玄，轮到你了。”妈妈用很细的声音说。

“我——，我怕。”

"不要怕，火神来过了，不要怕。"

爸妈推着我就要往火堆上送。

我抬头望着他们，央求地说："爸，妈，你们和我一起走。"

"不行，只有你领了符。"爸爸正色道。

锣声响着。

火光在我眼前和心头交错。

爸妈由不得我再说什么，便把我架到火堆的起点。

"我不要，我不要——"我大声哭号起来。

"走，走！"爸爸吼叫着。

我不要——妈——

我跪了下来，紧紧抱住妈妈的腿，泪水使我什么都看不见了。

"没出息。我怎么会生出这种儿子，给我现世，今天你不走，我就把你打死在火堆上。"爸爸的声音像夏天午后的西北雨雷，嗡嗡响动，我抬头看，他脸上淌满泪水，重重把我摔在地上，跑去抢起道坛上的蛇头软鞭，"啪"一声抽在我身旁的地上，溅起一阵泥灰。

"我打死你！我打死你！林姓的祖先造了什么孽，生出这样的孩子，我打死你。让你去和那个讨债的儿子做伴！"我从来没有看过爸爸暴怒的面容，他的肌肉虬结着，头发扬散如一头巨狮。

"你疯了。"妈妈抢过去拦他，声音凄厉而哀伤。

红头道士、轿夫们、人群都涌过来抓住爸爸正要飞来的鞭子。

锣声也停了。

爸爸被四个人牢牢抓住，他不说话，虎目如电穿刺我的全身。

四周是可怕的静寂。

我突然看见弟弟的脸在血红的火堆中燃烧，想起爸爸撑着猎枪落泪的面庞和他辛苦荷锄的身姿，我猛地站起，对爸爸大声说："我走，我走给你看，今天如果我不敢走这火堆，就不是你的囝仔。"

锣声缓缓响起。

几千道目光如炬注视。

我走上了火堆。

第一步跨上去，一道强烈的热流从我脚底蹿进，贯穿了我的全身，我的汗水和泪水全滴在火上，一声"嗤"，一阵烟。

我什么都看不见，仿佛陷进一个神秘的围城，只听到远天深处传来弟弟轻声的耳语："走呀！走呀！"那是一段很短的路，而我竟完全不知它的距离，不知它的尽处，相思林尽头的阳光亮起，脚下的火也浑然忘记了。

踩到地上的那一刻，土地的冰凉使我大吃一惊，"唬——"一声，全场的人都欢呼起来，爸爸妈妈早已等在这头，两个人抢抱着我，终于号啕地哭成一团。打锣的人戏剧性地、欢愉地敲着急速的锣鼓。

爸爸疯也似的紧抱我，像要勒断我的脊骨。

那一天，那过火的一天，我们快乐地流着泪走回家。

到黑肚大溪，爸爸叫我独自涉水。

猛然间，我感到自己长大了。

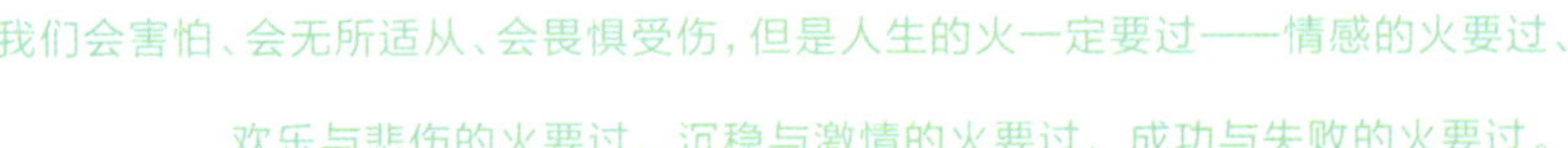

我们会害怕、会无所适从、会畏惧受伤，但是人生的火一定要过——情感的火要过、欢乐与悲伤的火要过、沉稳与激情的火要过、成功与失败的火要过。

童年过火的记忆像烙印一般影响了我整个生命的行程，日后我遇到人生的许多事都像过火一样，在起步之初，我们永远不知道能否安全抵达火毡的那一端，我们当然不敢相信有火神，我们会害怕、会无所适从、会畏惧受伤，但是人生的火一定要过——情感的火要过、欢乐与悲伤的火要过、沉稳与激情的火要过、成功与失败的火要过。我们不能退缩，因为我们要单独去过火，即使亲如父母，也有无能为力的时候。

我们不能退缩，因为我们要单独去过火，

即使亲如父母，也有无能为力的时候。

路上捡到一粒贝壳

午后，在仁爱路上散步。

突然看见一户人家院子里种了一棵高大的面包树，那巨大的叶子犹如扇子，一扇扇地垂着，迎着冷风依然翠绿，一如它在热带雨林中的祖先。

我站在围墙外面，对这棵面包树十分感兴趣。那家人的宅院已然老旧，不过在这一带有着一个平房，必然是亿万富豪了。令我好奇的是这家人似乎非常热爱园艺，院子里有着许多高大的树木，园子门则是两株九重葛往两旁生长而在门顶握手，使那扇厚重的绿门仿佛戴着红与紫两色的帽子。

绿色的门在这一带是十分醒目的。我顾不了礼貌的问题，往门隙中望去，发现除了树木，主人还经营了花圃，各色的花正在盛开，带着颜色在里面吵闹。等我回过神来，退了几步，发现寒风还鼓吹着双颊，才想起，刚刚往门内那一探，误以为是春天来了。

脚下有一丝裂帛声，原来是踩到一片面包树落叶的扇面了，叶子大如脸盆，却已裂成四片，我遂兴起了收藏一片面包树叶的想法。找到比较完整的一片拾起，意外，可以说非常意外地发现了，树叶下面有一粒粉红色的贝壳。把树叶与贝壳拾起，就离开了那户人家的门口。

但是，我已经不能专心地散步了。

冬天的散步，于我原有运动身心的功能，本来在身心上都应该做到无念和无求才好，可惜往往不能如愿。选择固定的路线散步，当然比较易于无念，只是每天遇到的行人不同，不免使我常思索起他们的职业或背景来，幸而城市中都是擦身而过的人，念起念息有如缘起缘灭，走过也就不会挂心了。一旦改变了散步的路线，初开始就会忙碌得不得了，因为新鲜的景物很多，念头也蓬勃，仿佛汽水开瓶一样，气泡兴兴灭灭地冒出来，念头太忙，回家后会使我头痛，好像有某种负担。还有一种情况，是很久没有走的路，又去走一次，发现完全不同了，这不同有几个原因：一个是自己的心境改变了，一个是景观改变了，还有一个重要原因是季节更迭了。这些使我知道，这个世界是无常的因缘所集合而成，一切可见、可闻、可触、可尝的事物竟没有永久（或只是较长时间）的实体，一座楼房的拆除与重建只是比浮云飘过的时间长一点，终究也是幻化。

我今天的散步，就是第二种，是旧路新走。

这使我在尚未捡面包树叶与贝壳之前，就发现了不少异状。例如我记得去年的这个时间，安全岛的菩提树叶已经开始换装，嫩红色的小叶芽正在抽长，新鲜、清明、美丽动人。今年的春天似乎迟了一些，菩提树的叶子，感觉竟是一叶未落，老得有一点乌黑，使菩提树看起来承受了许多岁月的压力。发现菩提树一直等待春天，使我也有些着急起来。

木棉花也是一样，应该开始落叶了，却尚未落。我知道，像雨降、风吹、叶落、花开、雷鸣、惊蛰都是依时序的缘生起，而今年的春天之缘，为什么比往年来得晚呢？

还看到几处正在赶工的大楼，“长”得比树快多了，不久前开挖的地基，已经盖到十层楼了。从前我们形容春雨来时农田的笋子是“雨后春笋”，都市的楼房生长也和雨后春笋一样。这些大楼的兴建，使这一带的面目完全改观，新开在附近的商店和一家超级啤酒屋，使宁静与绿意备受压力。

记忆最深刻的是路过一家新开业的古董店，明亮橱窗最醒目的地方摆了一个巨大的白水晶原矿石，店家把水晶雕成一只台湾山猪正在被七只狼（或者狗）攻击的样子。为了突出山猪的痛苦，山猪的蹄子与头部是镶了白银的，咧嘴哀嚎，状极惊慌。标价自然十分昂贵，我一辈子一定不能存到与那标价相等的金钱。这么美丽而昂贵的巨大水晶（约有桌面那么大），却做了如此血腥而鄙俗的处理，竟使我生出了一丝丝恨意和巨大的怜悯，恨意是由雕刻中的残忍意识而生，怜悯是对于可能把这座水晶买回的富有的人。其实，我们所拥有和喜爱的事物无不是我们心的呈现。

如果我有一块如此巨大的水晶，我愿把它雕成一座春天的花园，让它有透明的香气；或者雕成一尊最美丽的观世音菩萨，带着慈悲的微笑，散发清明的光芒；或者雕几个水晶球，让人观想自性的光明；或者什么都不雕，只维持矿石本来的面目。

想了半天才想了起来，忘记自己一辈子都不可能拥有这样的水晶，但这时我知道不能拥有比可以拥有或已经拥有使我更快乐。有许多事物，“没有”其实比“持有”更令人快乐，因为许多的“有”，是烦恼的根本，而且不断地追求“有”，会使我们永远徘徊在迷惑与堕落的道路上。幸而我不是太富有，还能知道在人世中觉悟，不致被福报与放纵所蒙蔽。幸而我也不是太忙碌或太贫苦，还能在午后散步，兴趣盎然地看着世界。从污秽的心中呈现出污秽的世界，从清净的心中呈现出清净的世界，人的境况不同，若能保有清净的观照，不论贫富，都不能扰动他。

看看一个人的念头多么可怕，简直争执得要命，光是看到一块残忍的水晶雕刻，就使我跳跃出一大堆念头，甚至完全忽视眼前的一切走了数百米。直到心里一个声音对我说了一句话才使我从一大堆纷扰的念头中醒来：“那只是一块水晶，山猪或狼只是心的感受，就好像情人眼中的兰花代表高洁的爱情，养兰者的眼中兰花总有个价钱，而武侠小说里，兰花常常成为杀手冷酷的标志。其实，兰花，只是兰花。”

从念头中惊醒，第一眼就看到面包树，接下来的情景如同上述。拿着树叶与贝壳的我也茫然了。

尤其是那一粒贝壳。

这粒粉红色的贝壳虽然新而完好，但不是百货公司出售的那种经过

从污秽的心中呈现出污秽的世界，从清净的心中呈现出清净的世界，

人的境况不同，若能保有清净的观照，不论贫富，都不能扰动他。

清洗磨光的贝壳。由于我曾在海边住过，可以肯定贝壳从海岸上捡来不久，还带有海水的气息。奇特的是，海边捡来的贝壳是如何掉落到仁爱路的红砖道上的？或者是无心遗落，例如跑步时从口袋里掉出来的？或者是有心遗落，例如情人馈赠而爱情已散？或者是……有太多的或者是，没有一个是肯定的答案。唯一肯定的是，贝壳，终究已离开了它的故乡。

人生活在某时某地，真如贝壳偶然落在红砖道上，我们不知道从哪里、为何、干什么来到这个世界，然后不能明确说出原因就迁徙到这个都市，或者说是飘零到这陌生之都。

“我为什么来到这世界？”这句话使我在无数的春天中辗转难眠，答案是渺不可知的，只能说是因缘，而因缘深不可测。

贝壳自海岸来，也是如此。

一粒贝壳，也使我想起在海岸居住的一整个春天，那时我还那么年少，有浓密的黑发，怀抱着爱情的秘密，天天坐在海边沉思。到现在，我的头发和爱情都犹如退潮的海岸，露出它平滑而不会波动的面目。少年的我在哪里呢？那个春天我没有拾回一粒贝壳，没有拍过一张照片，如今竟已完全遗失了一样。偶尔再去那个海岸，一样是春天，却感觉自己只是海面上的一个浮沤，一破，就散失了。

世间的变迁与无常是不变的真理，随着因缘的改变而变迁，不会单独存在，不会永远存在，我们的生活有很多时候只是无明的心所映现的影子。因此，我们可以这样说，少年的我是我，因为我从那里孕育，而少年的我也不是我，因为他已在时空中消失。正如贝壳与海的关系，我们从一粒贝壳可以想到一片海，甚至与海有关的记忆，这粒贝壳竟然是在红砖道上被拾到，与海相隔那么遥远！

想到这些，差不多已走到仁爱路的尽头了。我感觉到自己有时像个狂人，时常和自己对话不停，分不清是在说些什么。我忆起父亲生前有一次和我走在台北街头时突然说："台北人好像狷仔，一天到暗在街仔赖赖趖。"翻成普通话是："台北人好像神经病，一天到晚在街头乱走。"我有时觉得自己是狷仔之一，幸而我只是念头忙碌，并没有像逛街者听见换季打折一般，因欲望而狂乱奔走。而且我走路也维持了乡下人稳重谦卑的姿势，不像台北那些冲锋陷阵或龙行虎步的人，显得轻躁带着狂性。

我尤其不喜欢台北的冬天，不断的阴雨，包裹着厚衣服的人在拥挤的街道，犹如台球桌上的圆球撞来撞去。春天来了就会好些，会多一些颜色、多一点生机，还有一些悠闲的暖气。

回到家把树叶插在花瓶，贝壳放在案前，突然看到桌上的日历，今天竟是立春了：

立春：斗指东北，维为立春，时春气始至，四时之卒始，故名立春也。

我知道，接下来会有雨水、惊蛰、春分、清明、谷雨……台北的菩提树叶会换新，而木棉与杜鹃会如去年盛开。

片叶不沾身

朋友带我去看一位古董收藏家的收藏，据说他收藏的都是国宝级的东西，随便拿一件来都是价逾千万。

我们穿过一条条的巷弄，来到一家不起眼的公寓前面，我心中正纳闷，国宝级的古董怎么会收藏在这种地方呢？

收藏家来开门了，连续打开三扇不锈钢门才走进屋内。室内的灯光非常幽暗，等了几秒钟，我才适应了室内的光线，这时才赫然看到整个房子堆满古董，多到连走路都要小心，侧身才能前进。

到处都是陶瓷器、铜锡器，还有好多书画卷轴像是满天星一样拥挤地插在水缸里，主人好不容易带我们找到沙发（沙发也是埋在古物堆中），经过一番清理，我们才得以落座。

我不知道怎样才能形容那种感觉，古董过度壅塞，使人仿佛置身在垃圾堆中。我想到，任何事物都不能太多，一到“太”的程度，就可怕了。

我们都喜欢蝴蝶，可是如果屋子里飞满蝴蝶，就不美了，再想到蝴蝶还会生满屋的毛毛虫，那多可怕。

我们都喜欢鸟，但鸟如果太多，也是会伤人的，希区柯克的名作《群鸟》，那恐怖的情景我想起来汗毛都要竖起。

正在出神的时候，主人端出来一个盘子，但盘子里装的不是茶水或咖啡，而是一盘玉。因为我的朋友向主人吹嘘我是个行家，虽然我据实地极力否认，但主人只当我是谦虚，迫不及待地拿他的收藏要给我“鉴赏”了。

既是如此，我也只好一件一件地鉴赏，并极力地称赞，在说一块茶色的玉时，我心里还想：为什么端出来的不是茶水呢？

看完玉石，我们转到主人的卧房看陶器和青铜器，我才发现，主人的卧室中只有一张床可以容身，其余的，从地板到屋顶，都堆得密不透风。

虽然说这些古董都是价逾千万，堆在一起却感觉不到它们的价值。后来又看了几个房间，依然如此。最令我吃惊的是，连厨房和厕所都堆着古董，主人家已经很久没有开伙了。

古董的主人告诉我，他之所以选择居住在陋巷，是因为台北的治安太坏，恐引起歹徒的觊觎。而他设了那么多的铁门，有各种安全功能，一般人从门外窥探他的古董，连一眼也不可得。

朋友补充说："他爱古物成痴，太太和孩子都不能忍受，移民到海外去了。"

古董的主人说："女人和小孩子懂什么？"

我对他说："你的古董这么值钱，又这么多，何不卖几件，买一个大的展示空间，让更多人欣赏呢？这样，房子也不会连坐的地方都没有呀！"

他说："好的古董一件也不舍得卖。"

他说："而且那些俗人懂什么古董！"

告辞出来的时候，我感到有一些悲哀，再怎么了不起的古董，都只是"物件"，怎么比得上有情的人？再说，为了占有古董，活着的时候担惊受怕，像囚犯困居于数道铁门的囚室，像乞丐住在垃圾堆中，又何苦？

何况，有一天这个人会离开世界，就像他手中的古董从前的主人一样，总有一刻，会两手一放，一件也不能带走。真正的拥有，不一定要占有，真正的古董鉴赏家，不一定要做收藏家；偶尔要欣赏古董，到台北"故宫博物院"走走，花四十元门票，就能看真正国宝级的古物。累了，花八十五元在三希堂喝台北"故宫博物院"特选的乌龙茶，生活不是非常惬意吗？回到家，窗明几净，也不需要三道铁门来保卫，也不需要和无情的东西争位置，役物而不役于物，不亦快哉！

我们的生命如此短暂，有所营谋，必有所烦恼；有所执着，必有所束缚；有所得，必有所失。

“百花丛里过，片叶不沾身。”那样的生活才是我们向往的生活，百花丛里是“有情”，片叶不沾身是“觉悟”。

我们如果把时间花在财货上，就没有时间花在心灵上。

我们如果日夜为欲望奔走，就会耗失自己的健康。

我们如果成为壶痴、石痴、玉痴、弃物痴，就会忘却有情世间的珍贵。

有一位股市的大户告诉我，他在股市，只要一个早上就可以赚一千万。

我说："一个早上赚一千万看起来很多，但总有一天你会发现，一千万买不到一个早上。"

何况一千万的得失是很难说得清的，陪家人在河边散步值不值一千万呢？读到一本开智慧的好书值不值一千万呢？有一个早上的觉悟之心，值不值一千万呢？

好好吃一顿饭、欢喜喝一杯茶，一日喜乐无恼、一夜安眠无梦，又价值多少？

"百花丛里过，片叶不沾身。"那样的生活才是我们向往的生活，百花丛里是"有情"，片叶不沾身是"觉悟"。

我想起许多年以前，朋友送我一把名贵的古董茶壶，我欢喜地收下了。过几天，朋友说送错了，来要回去，我欢喜地还给他了。

世间的事物来来去去，我还是我。

人我是非、利害得失去去来来，我们既未增加，也不减少。

误解与赞赏、批评与歌颂，都像庐山的烟雨和浙江的潮汐，原来一物也无！

去年春天最好的春茶，放到今年也要失味，所以，今年要喝今年的春茶。

年年的春茶都好，我眼前的这个粗陶茶杯就很好了，古董、古物、钻石、珍珠，乃至一切的背负，留给那些愿意背负的人吧！

油面摊子

家附近有一个卖油面的小摊子，我平常并不太注意，有一回带孩子散步路过，看到生意极好，所有的椅子都坐满了人。

我和孩子驻足围观，这时见到卖面的小贩，把油面放进烫面用的竹捞子里，一把塞一个，刹那之间就塞了十几把，然后他把叠成长串的竹捞子放进锅里烫。

接着，他以迅雷不及掩耳的速度，将十几个碗一字排开，放作料、盐、味精等，很快地捞面、加汤，十来碗面煮好的过程还不到五分钟，我和孩子看呆了。更令人赞叹的是，那个煮面的老板还边与顾客聊着闲天。

在我们从面摊离开的时候，孩子突然抬起头来说：“爸爸，我猜如果你和卖面的老板比赛卖面，你一定输！”

对于孩子突如其来的谈话，我感到莞尔，并且立即坦然承认，我一定输给卖面的人。我说：“不只会输，而且会输得很惨，这个世界上能赢过卖面老板的人大概也没有几个。”

后来我和孩子谈起，他的爸爸在这世界上是会输给很多人的。

接下来的几天，就跟玩游戏一样，我带着孩子到处去看工作中的人，我们在对角的豆浆店看伙计揉面粉做油条，看油条在锅中胀大而充满神奇的美感，我对孩子说：“爸爸比不上炸油条的人。”

我们到街角的饺子店，看一位山东老乡包饺子，他包饺子就如同变魔术一样，动作轻快，双手一捏，个个饺子大小如一，煮出来晶莹剔透，我对孩子说：“爸爸比不上包饺子的人。”

我们在市场边看见一个削梨子与芭乐的小贩，他把水果削好切片，包成一袋一袋准备推到戏院去卖，他削水果时，刀子如同自手中长出，动作又利落又优美，我对孩子说：“爸爸比不上削水果的人。”

当我们放眼这个世界的时候，如果以自我为中心，很可能会以为自己是顶尖人物。一旦我们把狂心歇息下来，用赤子之心来观照，就会发现自己是多么渺小。在人群之中，若没有整个市井的护持，我们连吃一套烧饼油条都成问题呀！这是连圣贤都感叹地说“吾不如老农，吾不如老圃”的缘故，我们什么时候能看清自己不如人的地方，那就是对生命真正有信心的时候。

看到人们貌似简单，事实上不易的生活劳作时，我觉得每一个人都值得给予最大的敬意，努力生活的人们都是值得敬佩的。他们不用言语，而以劳作表达了对生命的承担。

承担，是生命里最美的东西！

我时常想，我们既然生而为人，不是草木虫鱼，就要承担，安然接受人生可能发生的一切，除了安然地面对，还能保持觉性，就是菩提了。一般人缺少的正是觉悟的菩提罢了。

在古印度人传统的观念里，认为只要是两条河交汇的地方一定是圣地，这是千年智慧累积所得到的结论。假如我们把这个观念提炼出来，人生何尝不是如此，在人与人相会的那一刻，如果都有很好的心来相印，互相对流，当下自己的心就是圣地了。

油面摊子是圣地，豆浆店是圣地，水果摊是圣地……到处都是圣地，只是看我们有没有足够神圣的心来对应这些人、这些地方。当然，在我们以神圣的心面对世界时，自己就有了承担，也就成为值得敬佩的人之一。

我带着孩子观察了许多地方以后，孩子感到疑惑，他问："爸爸，那么你有什么可以比得上别人呢？"

我说："如果比写文章，爸爸可能会比得上那卖油面的老板吧！"

孩子说："也不会，油面老板几分钟煮好十几碗面，爸爸要很久才写完一篇文章！"

父子俩相对大笑，是呀，这世界有什么东西可以相比，有什么人可以相比呢？事实上，所有的比较都是一种执着！

我们既然生而为人，不是草木虫鱼，就要承担，

安然接受人生可能发生的一切，除了安然地面对，

还能保持觉性，就是菩提了。

长途跋涉的肉羹

在我读小学五年级的时候，有一次看见爸爸满头大汗从外地回来，手里提着一个用草绳绑着的全新的铁锅。

他一面走，一面召集我们："来，快来吃肉羹，这是爸爸吃过最好吃的肉羹。"

他边解开草绳，边说起那一锅肉羹的来历。

爸爸到遥远的凤山去办农会的事，中午到市场吃肉羹，发现那摊上的肉羹非常美味，他心里想着："但愿我的妻儿也可以吃到这么美味的肉羹呀！"

但是那个时代没有塑料袋，要外带肉羹真是困难的事。爸爸随即到附近的五金行买了一口铁锅，并向店家要了一条草绳，然后转回肉羹摊，买了满满一锅肉羹，用草绳绑好，提着回家。

当时的交通不便，从凤山到旗山的道路颠簸不平，平时不提任何东西坐客运车都会晕头转向、灰头土脸，何况是提着满满一锅肉羹呢？

把整锅肉羹夹在双腿间，坐客运车回转家园的爸爸，那种惊险的情状是可以想见的。虽然他是这么小心翼翼，肉羹还是溢出不少，回到家，锅外和草绳上都已经沾满肉羹的汤汁了，甚至爸爸的长裤也湿了一大片。

锅子在我们的围观下打开，肉羹只剩下半锅。

妈妈为每个孩子添了半碗肉羹，也为自己添了半碗。

由于我们知道这是爸爸千辛万苦从凤山提回来的肉羹，吃的时候就有一种庄严、欢喜、期待的心情，一反我们平常狼吞虎咽的样子，一小口一小口地品尝那长途跋涉、饱含着爱，还有着爱的余温的肉羹。

爸爸开心地坐在一旁欣赏我们的吃相，露出他惯有的开朗的笑容。

妈妈边吃肉羹边说："这凤山提回来的肉羹确实好吃！"

爸爸说："就是真好吃，我才会费尽心机提这么远回来呀！这铁锅的价钱是肉羹的十倍呀！"

当爸爸这样说的时候，我感觉温馨的气息随着肉羹与香菜的味道，充塞了整个饭厅。

不，那时我们不叫饭厅，而是灶间。

那一年，在幽暗的灶间，在昏黄的烛光下吃的肉羹是那么美味，经过三十几年了，我还没有吃过比那更好吃的肉羹。

因为那肉羹加了一种特别的作料，是爸爸充沛的爱以及长途跋涉的表达呀！这使我真实地体验到，光是充沛的爱还是不足的，与爱同等重

再微小的事物，也可以作为感情的表达；而再贫苦的生活，

也因为这种表达而显现出幸福的面貌。

要的是努力的实践与真实的表达，没有通过实践与表达的爱，是无形的、虚妄的。我想，这是爸爸妈妈那一代人，他们的爱那样丰盈真实，却从来不说“我爱你”，甚至终其一生没有说过一个“爱”字的理由吧！

爱是作料，要加在肉羹里，才会更美味。

自从吃了爸爸从凤山提回来的肉羹，每次我路过凤山，都有一种亲切之感。这凤山，是爸爸从前买肉羹的地方呢！

我的父母都是善于表达爱的人，因此，在我幼年的时候，就知道再微小的事物，也可以作为感情的表达；而再贫苦的生活，也因为这种表达而显现出幸福的面貌。

幸福，常常是隐藏在平常的事物中，只要加一点用心，平常事物就会变得非凡、美好、庄严了。只要加一点心，凡俗的日子就会变得可爱、可亲、可想念了。就像不管我的年岁如何增长、不论我在天涯海角，只要一想到爸爸从凤山提回来的那一锅肉羹，心中依然有三十多年前的汹涌热潮在滚动。肉羹可能会冷，生命中的爱与祝愿永远是热腾腾的；肉羹可能会在动荡中满溢出来，生活里被珍藏的真情蜜意则永不逝去。

期待父亲的笑

父亲躺在医院的加护病房里，还殷殷地叮嘱母亲不要通知远地的我，因为他怕我在台北工作担心他的病情。还是母亲偷偷叫弟弟来通知我，我才知道父亲住院的消息。

这是典型的父亲的个性，他是不论什么事总先为我们着想，至于他自己，倒是很少注意。我记得在很小的时候，有一次父亲到凤山去开会，开完会他到市场去吃了一碗肉羹，觉得是很少吃到的美味，他马上想到我们，先到市场去买了一个新锅，买了一大锅肉羹回家。当时的交通不发达，车子颠簸得厉害，回到家时肉羹已冷，且溢出了许多，我们吃的时候已经没有父亲形容的那种美味。可是我吃肉羹时心血沸腾，特别感到那肉羹是人生难得，因为那里面有父亲的爱。

在外人的眼中，我的父亲是粗犷豪放的汉子，只有我们做子女的知道他心里极为细腻的一面。提肉羹回家只是一个普通的例子，他不管到什么地方，有好的东西一定带回给我们，所以我童年时代，每次父亲出差回来，总是我们最高兴的时候。

他对母亲也非常体贴，在记忆里，父亲总是每天清早就到市场去买菜，在家用方面也从不让母亲操心。这三十年来，我们家都是由父亲上菜场，一个受过日式教育的男人，能够这样内外兼顾是很少见的。

父亲是影响我最深的人。父亲的青壮年时代虽然受过不少打击和挫折，但我从来没有看过父亲忧愁的样子。他是一个永远向前的乐观主义者，再坏的环境也不皱一下眉头，这一点深深地影响了我，我的乐观与韧性大部分得自父亲的身教。父亲也是个理想主义者，这种理想主义表现在他对生活与生命的尽力，他常说："事情总有成功和失败两面，但我们总是要往成功的那个方向走。"

由于他的乐观和理想主义，使他成为一个温暖如火的人，只要有他在就没有不能解决的事，这使我们对未来充满了希望。他也是个风趣的人，再坏的情况，他也喜欢说笑，他从来不把痛苦带给人，只为别人带来笑声。

小时候，父亲常带我和哥哥到田里工作，通过这些工作，启发了我们的智慧。例如我们家种竹笋，在我没有上学之前，父亲就曾仔细地教我怎么去挖竹笋，怎么看地上的裂痕，才能挖到没有出青的竹笋。二十年后，我到行山去采访笋农，曾在竹笋田里表演了一手，使得笋农大为佩服。其实我已二十年没有挖过笋，却还记得父亲教给我的方法，可见父亲的教育对我影响多么大。

也由于是农夫，父亲从小教我们农夫的本事，并且认为什么事都应从农夫的观点出发。像我后来从事写作，刚开始的时候，父亲就常说："写作也像耕田一样，只要你天天下田，就没有不收成的。"他也常叫我不要写政治文章，他说："不是政治性格的人去写政治文章，就像种稻子的人去种槟榔一样，不但种不好，而且常会从槟榔树上摔下来。"他常叫我多写些于人有益的文章，少批评骂人，他说："对人有益的文章是灌溉施肥，批评的文章是放火烧山，灌溉施肥是人可以控制的，放火烧山则常常失去控制，伤害生灵而不自知。"他叫我做创作者，不要做理论家，他说："创作者是农夫，理论家是农会的人。农夫只管耕耘，农会的人则为了理论常会牺牲农夫的利益。"

父亲的话中含有至理，但他生平并没有写过一篇文章。他是用农夫的观点来看文章，每次都是一语中的，意味深长。

有一回我面临着创作上的瓶颈，回乡去休息，并且把我的苦恼说给父亲听。他笑着说："你的苦恼也是我的苦恼，今年香蕉收成很差，我正在想明年还要不要种香蕉，你看，我是种好呢？还是不种好？"我说："您种了四十多年的香蕉，当然还要继续种呀！"

他说："你写了这么多年，为什么不继续呢？年景不会永远坏的。""假如每个人写文章时写不出来就不写了，那么天下还有大作家吗？"

我自以为比别的作家用功一些，主要是因为我生长在世代务农的家庭。我常想：世上没有不辛劳的农人，我是在农家长大的，为什么不能

写作也像耕田一样，只要你天天下田，

就没有不收成的。

像农人那么辛劳？最好当然是像父亲一样，能终日辛劳，还能利他无我，这是我写了十几年文章时常反躬自省的。

母亲常说父亲是劳碌命，平日总闲不下来，一直到这几年身体差了还常往外跑，不肯待在家里好好地休息。父亲最热心于乡里的事，每回拜拜他总是拿头旗、做炉主，现在还是家乡清云寺的主任委员。他是那种有福不肯独享，有难愿意同当的人。

他年轻时身强体壮，力大无穷，每天挑两百斤的香蕉来回几十趟还轻松自在。我记忆最深刻的是他的脚大得像船一样，两手摊开时像两个扇面。一直到我上初中的时候，他一手把我提起就像提一只小鸡，可是也是这样棒的身体害了他，他饮酒总不知节制，每次喝酒一定把桌底都摆满酒瓶才肯下桌，喝一打啤酒对他来说是小事一桩，就这样把他的身体喝垮了。

在六十岁以前，父亲从未进过医院，这三年来却数度住院，虽然个性还是一样乐观，身体却不像从前硬朗了。这几年来如果说我有什么事放心不下，那就是父亲的健康，看到父亲一天天消瘦下去，真是令人心痛难言。

父亲有五个孩子，这里面我和父亲相处的时间最少，原因是我离家最早，工作最远。我十五岁就离开家乡到台南求学，后来到了台北，工作也在台北，每年回家的次数非常有限。近几年结婚生子，工作更加忙碌，一年更难得回家两趟，有时颇为自己不能孝养父亲感到无限愧疚。父亲很清楚我的想法，有一次他说：“你在外面只要向上，做个有益社会的人，

就算是有孝了。”

母亲和父亲一样，从来不要求我们什么。她是典型的农村妇女，一切荣耀都给丈夫，一切奉献都给子女，比起他们的伟大，我常觉得自己很渺小。

我后来从事报告文学，在各地的乡下人物里，常找到父亲和母亲的影子，他们是那样平凡、那样坚强，又那样伟大。我后来的写作里时常引用村野百姓的话，很少引用博士学者的宏论，因为他们是用生命和生活来体验智慧，从他们身上，我看到了最伟大的情操，以及文章里最动人的素质。

我常说我是最幸福的人，这种幸福是因为我童年时代有好的双亲和家庭，青少年时代有感情很好的兄弟姊妹，进入中年，有好的妻子和好的朋友。我对自己的成长总抱着感恩之心，当然这里面最重要的基础来自我的父亲和母亲，他们给了我一个乐观、关怀、善良、进取的人生观。

我能给他们的实在太少了，这也是我常深自忏悔的。有一次我读到《佛说父母恩重难报经》，佛陀这样说：

假使有人，为了爹娘，手持利刀，割其眼睛，献于如来，经百千劫，犹不能报父母深恩。

假使有人，为了爹娘，百千刀战，一时刺身，于自身中，左右出入，经百千劫，犹不能报父母深恩……

读到这里，不禁心如刀割，涕泣如雨。这一次回去看父亲，想到这本经书，在病床边强忍着要落下的泪，这些年来我是多么不孝，陪伴父亲的时间竟是这样少。

有一位也在看护父亲的郑先生告诉我："要知道您父亲的病情，不必看您父亲就知道了，只要看您妈妈笑，就知道病情好转，看您妈妈流泪，就知道病情转坏，他们的感情真是好。"为了看顾父亲，母亲在医院的走廊打地铺，几天几夜都没能睡个好觉。父亲生病以后，她甚至还没有走出医院大门一步，人瘦了一圈，一看到她的样子，我就心疼不已。

我每天每夜向菩萨祈求，保佑父亲的病早日康复，母亲能恢复以往的笑颜。

这个世界如果真有什么罪孽，如果我的父亲有什么罪孽，如果我的母亲有什么罪孽，十方诸佛、各大菩萨，请把他们的罪孽让我来承担吧，让我来背负父母亲的孽吧！

但愿，但愿，但愿父亲的病早日康复。以前我在田里工作的时候，看我不会农事，他会跑过来拍我的肩说：

"做农夫，要做第一流的农夫；写文章，要写第一流的文章；做人，要做第一等的人。"然后觉得自己太严肃了，就说，"如果要做流氓，也要做'大尾'的流氓呀！"然后父子两人相顾大笑，笑出了眼泪。

我多么怀念父亲那时的笑。也期待再看父亲的笑。

第二辑

以平常心生情味

人世里，

一件最平凡的事物也许都是我们永难悉知的，

即使微小如莲子，

也有一套生命的大学问。

不知多少秋声

如果你的心灵有通向神圣的完美阶梯，
你就像真理花园中的百合花，
无论你的芳香消失在空中，
或消失在人们身上，
它消失在何处，
就在何处永存。

——纪伯伦

中秋夜，我们从岳阳赶往长沙，一路狂奔。

“为什么要这么着急地赶路呢？”我问帮我们开车的小廖。

司机小廖急着赶回长沙过节，因为他和爱人都是一胎政策后出生的，独生子娶了独生女，所有的节日都变成双倍的大事。

预计先到父母家过上半夜，再陪女方到岳父母家过下半夜，这使他心急如焚，飞奔在路况颠簸的公路上。

一路上，小廖按着喇叭的手从未停过，我看着路两旁都是补胎、打气、修车的小店，真担心老旧的厢型车会突然抛锚在荒僻的省道上。

小廖一边狂按喇叭，一边在喇叭声中大声地说："中秋夜，人人都在赶着团圆，是吗，林老师？"

"是呀是呀！人人都在赶着团圆。"我说。

为了让他专心开车，我们一路无语地看着窗外，正是夕阳西下的时光，远山与田原都笼罩在一片薄薄的雾气里，绿色的水田中错落着红砖小屋，夕阳使眼前的一切都滚了金边。

惊奇的是，日与月同时出现在天上，金红的夕阳与银白的月亮遥遥相望，原来是金光万道的夕阳与贴纸一样薄薄的月亮，突然有人按了开关，夕阳成为薄薄的剪纸沉落，满月亮了起来，饱满、圆润，有美丽的光晕。这美丽的湖南乡间，突然有着说不出的浪漫与柔情。

我轻轻地握着妻子的手，她给我一个轻轻的微笑。

不发一语，但我们的心在月光下的田原，互相应答。

这是我们第一次在离家数千里外过中秋，当我们遥望窗外盈盈的满月，思念就像月的光芒，弥漫了天地。我们思念着在台湾的三个孩子，他们在外婆家一定也看着月亮，思念着我们！也思念着正在美丽的乡下喝团圆酒的兄弟姊妹，那湖南乡间温暖的小房，多么像我们在南方的故居呀！

你思念那些在爱中降临的孩子，思念因缘深重、有缘重会的人，你会深深感受到一些美丽的花开。

你愿意永远为他献身，不会有丝毫怨言。

你在心里感觉最大的恩典，带来巨大的力量。

你在悲喜交集的时候，他使你哀悦协调。

你在无声的小溪边，也能听见婉转的歌唱。

你在喧腾的万蝉里，也能听见深情的咏叹。

你是春天，第一朵花开。

你是山间飞来的彩虹。

你是翠绿，也是深蓝；你是清白，也是玄黑；你是田黄，也是珊红……你具足了一切的颜色，却是用尽世间的言语，也无法描绘。

你抬头看看远方吧！这世间最美好的事物是无言的，无言的时候则让我们最细腻地接近美好。

想了解辽阔，要观海。想知道伟大，要看山。想体会自由，要静静看云。想感受无碍，要沐浴春风。

这是为什么说开悟时是看见了遥远的星星，苦修时坐在菩提树美丽的枝叶下，说法时带着神秘的微笑，教导比丘观想庭中的茉莉花，阐明一株小草就是万佛的宝殿……

因为那树、那花、那草、那夜空的明星，不发一言，已万缘具足了。

一切净土里，都有遍满的莲花和鸟的歌唱。一切有智慧的人，犹如

想了解辽阔，要观海。想知道伟大，要看山。

想体会自由，要静静看云。想感受无碍，要沐浴春风。

带着太阳行走，有太阳的观照、平等与圆满。一切慈悲的菩萨，则是清凉的月色，有月亮的温柔、宁静与优美。

因为那莲花、那鸟声、那太阳、那温柔的月色，一语不发，已吟咏万法的梵唱了。

说说这秋天吧！

每年都有秋天，生命中有感动、有启示、有觉察的秋天，又有几回呢？真的寻索到寥寥可数的深有所感的秋日，又能用什么言语加以叙述呢？

天上的明月，满山的枫红，一直在跳舞的菅芒花，美得比春天更动人的秋云秋霞，你抬起头来深深地感动，却是万语难及。

每一年都有美丽的秋天，在无可言诠的生命里，像飞过天际的大雁，长鸣一声，飞过去了，音声犹在耳际回旋，仰头一望，群雁已没入了长空。

这秋天的心情，就像微步中年的心境吧！

中秋的时候，人人赶着团圆，在追赶团圆的路途中，珍惜此人、此心、此景、此境，却隐在月影的背面，很少被看见。

无言是很高的境界，但作为一个文学家，总想记录那种无言。

我想起曾在西安的古董集市，购得一方古印，不知是什么年代，不知是谁刻的，却是我收藏的古印中最宝爱的一方：

不知多少秋声。

这是走过了生命的惊涛岁月与骇浪旅程的人才会有的心情，猛然回首，不知已过了多少个雾里的秋天了。

唯有这种秋天的心，才会悟到珍惜的可贵，珍惜秋天的每一个片刻、每一个刹那、每一声没入云天的雁鸣！

也是这样的心情，去年秋天我完成了《玄想》，现在接着写完《清欢》。

文学是一种清净的欢喜。这种清净的欢喜，使文学家自然成为富足的人。他的内心之树结满了果子，拿来与别人分享，希望能有甜蜜与清凉；他的内心之矿结满了宝石，用双手奉上，希望珠宝能装点灰色的人生；他每天都在垦荒种地，身上带着泥土与溪水的芳香，因为一切都是珍贵无比的，希望人人都能品味芳香。

如同秋声，我也想向人说：你听见秋声了吗？

文学是欢喜，写的人欢喜，读的人也欢喜。

我们终于穿过重重的月光，抵达长沙，明月已到中天，小廖赶不及和父母、岳父母共度中秋。

他显得有些沮丧。

我说："明天还是中秋，听说十六的月亮比十五还圆哩！"

他苦笑着，告辞。

我和淳珍在长沙街头漫步，大部分的店家已经打烊。

陪着我们的朋友小侠说："大概吃不到中式的团圆饭了，我们去找西式的。"

找到一家西餐厅，来迎接我们的服务生竟是黑人，说一口流利的京片子，后来才知道他来自非洲的肯尼亚，家乡正在闹饥荒。

我们点了菜，他说："今天是中秋节，来一瓶长城干红吧！"

我们请他喝了一杯干红，举杯遥祝在远地的亲人。在他黑色的眼眸中，

爱的开始是一个眼色，爱的最后是无限的穹苍。

我仿佛看见了非洲草原上的月色。

我和淳珍举杯，祝福我们远在天边的三个孩子，我的心里突然浮现出一个句子：

爱的开始是一个眼色，爱的最后是无限的穹苍。

一只毛虫的圆满

起居室的墙上，挂了一幅画家朋友陆咏送的画，画面上是一只丑丑的毛虫，爬在几株野草上，旁边有陆咏朴素的题字：

今日踽踽独行，他日化蝶飞去。

我很喜欢这幅画，那是因为美丽的蝴蝶在画上已经看得多了，美丽的花也不少，却很少有人注意到蝴蝶的“前身”是毛虫，也很少有人思考到花朵的“幼年时代”就是草，自然很少有画家以之入画，并给予赞美。

当我们看到毛虫的时候，可以说我们的内心有一种期许，期许它不要一辈子都那样子踽踽独行，而有化蝶飞去的一天。当我们看到毛虫的时候，内心里也多少有一些自况，梦想着能有美丽飞翔的一天。

小时候，我曾经养过一箱毛虫，所有的人看到毛虫都会恶心惊叫，但我不会，只因为我深信毛虫是美丽蝴蝶的幼年模样。每天去山间采嫩叶来喂食，日久习以为常，竟好像对待宠物一样。我观察到那些样子最丑的毛虫正是最美的蝴蝶的幼虫，往往貌不惊人，在破茧时却七彩斑斓。

记得最清楚的是把蝴蝶从箱中放走的时刻，仿佛是一朵花飘向空中，到处都有生命美丽的香味。

对毛虫来说，美丽的蝴蝶是不是一种结局呢？从丑怪到美丽的蜕化是不是一种圆满呢？对人来说，结局何在？什么才是圆满？这些难以解答的问题，正是我说的自况了。

初生于世界的人，是不可能圆满的，原因是这个世界原就是不圆满的世界，感应道交，不圆满的人当然投生到不圆满的世界，这乃是“因缘”所成。圆满的人，自然投生到佛的净土、菩萨的世界了。

幸而，佛经里留了一个细缝，是说在不圆满世界也可能有圆满的人来投胎，凡圣可能同居，那是由于愿力的缘故，是先把自己的圆满隐藏起来，希望不圆满的人能很快找到圆满的路径，一起走向圆满之路。

“有圆满之愿，人人都能走向圆满。”我们可以这样说，这正是佛说“众生皆有如来智慧德相”的意思。

举一个简单的例子，我们来看几个人字旁的字，像“佛”“仙”“俗”。

因缘的究竟是渺不可知的，圆满的结局也杳不可知，

但人不能因此而失去因缘成就、圆满实现的心愿。

仙，左人右山，意思是，人的心志如果一直往山上爬，最后就成仙了。

俗，左人右谷，意思是，人的心志如果往山谷堕落，最后就是粗俗的凡夫了。

佛，左边是人，右边是弗，弗有“不是”之意，佛字如果直接转成白话，是“不是人”的意思。“不是人”正是“佛”，这里面有极为深刻的寓意。当一个人的心志能往山上走，不断地转化，使一切负面的情绪都转化成正面的情绪，他就不是一般的人，而是觉行圆满的佛了。

成佛、成仙、成俗，都是由人做成的，人是一切的根基，人也是走向圆满的起点，这是为什么六祖惠能说“一念觉，即是佛；一念迷，即是众生了”。

从前读太虚大师的著作，他常说“人圆即佛成”，那时不能深解，总是问：“为什么人圆满了就成佛呢？”当时觉得人要圆满不是难事，成佛却艰辛无比，年纪渐长才知道，原来佛是“圆满的人”，并不是一个特别的称呼。

什么是圆满之境呢？试以佛的双足“智慧”与“慈悲”来说。

佛典里给佛智慧的定义是“妙观察智”“平等性智”“成所作智”“大圆镜智”，如果把它放到最低标准，我们可以说圆满的智慧具有这样四种特质：一是善于观察世间的实相；二是能平等对待众生，因了知众生佛性平等之故；三是有生命的活力，所到之处，一切自然成就；四是有无比广大的风格，如大圆镜反映了世界的实相。

也可以说，假如有一个人想走向圆满，他要在智慧上有细腻的观察、平等亲切的对待、活泼有力的生命、广大无私的态度。我们试着在黑夜中检视自己生命的风格，便会知道自己是不是在走向圆成智慧之路。

慈悲的圆满境界则有两项标杆：一是无缘大慈，二是同体大悲。前者是对那些无缘的人也有给予快乐之心，是说虽然无缘，也要广结善缘；后者是认识到自己并不是独存于世界，而是与世界同一趋向、同一境性，因此对整个世界的痛苦都有拯救拔除的心。

慈悲的检视也和智慧一样，要回来看自己的心，是不是与众生感同身受，是不是与世界同悲共苦？期望能共同走向无忧恼之境，如果于一个众生生起一个非亲友的念头，那就可以证明慈悲不够圆满了。

因缘的究竟是渺不可知的，圆满的结局也杳不可知，但人不能因此而失去因缘成就、圆满实现的心愿。一个人有坚强广大的心愿，则因缘虽遥，如风筝系在手，知其始终；一个人有通向究竟的心愿，则圆满虽远，如地图在手，知其路径，汽车又已加满了油，一时或不能至，终有抵达的一天。

但放风筝、开汽车的乐趣，只有自心知，如果有人来问我关于圆满的事，我会效法古代禅师说："喝茶时喝茶，吃饭时吃饭，睡觉时睡觉，说什么圆满？"

这就像一条毛虫一样，生在野草之中，既不管春花之美，也不管蝴蝶飞过，只是简简单单地吃草，一天吃一点草，一天喝一点露水；上午受一些风吹，下午遭一些雨打；有时候有闪电，有时候有彩虹；或者被鸟啄了，或者喂了螳螂；生命只是如是前行，不必说给别人听。只有在心里最幽微的地方，时时点着一盏灯，灯上写两句诗：

今日踽踽独行，他日化蝶飞去。

如果没有明天

我到一个朋友家里，看见他书房的架子上摆着十几册精装的日记本，顿时令我肃然起敬，我一向敬佩那些有毅力和恒心写日记的人，于是对朋友赞美说："没想到你写了十几年日记呀！"

他很害羞地笑着说："这么多的日记本，没有一本写超过七天的！"

"怎么会呢？"

朋友告诉我，他在少年时代读一些伟人传记，发现许多伟大人物都有写日记的习惯，他便在心里想：虽然不一定成为伟大人物，也要养成写日记的习惯。因此到书局去挑了一本印刷精美的日记本，写起来，第一年只写了七天，就没有再往下写了。

"原因呢？"

朋友说："'太忙'实在是一种借口。其实，是觉得生活这样单调、空洞、乏味，每天都在重复着，到底还有什么好写呢？从前不写日记，不知道生活如此单调，开始写日记时才发现。”

第一年没有写成日记的朋友，内心非常懊悔，第二年只写了五天，后来每况愈下。最近这几年，一到过年的时候，到书店去买一本精装的日记本，聊表纪念，摆在书架上，偶尔看起来，想到自己也曾是一个立志要写日记的人。

告辞朋友出来，走在严冬寒冷的夜街上，我非常感慨，常觉得生活单调、空洞、乏味的恐怕不只是我的朋友吧！其实，日子怎么会每天一样？我们今天比昨天成长一些，今天比昨天更接近死亡一步，今天比昨天多看了一天世界，怎么会一样？世界也是日日不同的，有时会有飞机撞山，有时会有坦克压人，有时地震灾变，有时冰雪袭人，甚至就在短短的几天里，有几个政府被推翻而改变了，日子怎么会一样呢？

感到日子没有变化，可能是来自生活的不能专注、不肯承担，因此就会失去了对今天，甚至当时当刻的把握，可悲的是，不能专注把握此刻的人，也肯定是不能把握将来的。

有一次，我在市场买甘蔗，卖甘蔗的老人看来是充满智慧的人。

老人说得起劲儿，旁边的人听得都笑了，他突然严肃地说：“不要笑，人生的变幻是莫测的，各位看我在这里削甘蔗，说说笑笑，说不定今天晚上我回家躺下来睡觉，明天就起不来了。”

人群里突然冒出一个声音：“既然不知道明天能不能起来，今天又何必来卖甘蔗呢？”

其实，日子怎么会每天一样？我们今天比昨天成长一些，

今天比昨天更接近死亡一步，今天比昨天多看了一天世界，怎么会一样？

“呀！少年，你有没有听过‘一日不作，一日不食’？就是明知明天不能再活在这个世间，今天也要好好地削甘蔗，如果没有明天，难道我们就要躺着等死吗？”

这段话说得让人肃然起敬，只有今天能专注、努力、好好削甘蔗的人，才能尝到生命中真实的甜蜜吧！写日记也是如此，它是在训练培养我们对此时此地的注视，若不是这样深入的注视，日记只是语言的陈述，又有什么意思呢？

有一位和尚问赵州禅师：“师父，什么是你最重要的一句格言？”

赵州说：“我连半句格言都没有，更不要说一句了。”

和尚又问：“你不是在这里做方丈吗？”

赵州立刻说：“是呀。做方丈的是我，不是格言！”

这使我们体会真正的生命风格，是对现今的专注，而不是去描述它。

有一位和尚问百丈怀海禅师：“师父，世界上最奇妙的事是什么？”

百丈说：“那就是我独坐在大雄峰上。”

真的很奇妙，每个人都可以独坐在大雄峰上，只是很少人看见或体验这种奇妙。

如果我在这世上没有明天，这是禅者的用心，一个人唯有放下现在心、过去心、未来心，才会有真切的承担呀！

总有群星在天上

我沿着开满绿茵的小路散步，背后忽然有人说：“你还认识我吗？”

我转身凝视她半天，老实地说：“我记不得你的名字了。”

她说：“我是你年轻时第一次最大的烦恼。”她的眼睛极美，仿佛是大气中饱含露珠的清晨，试图唤醒我的回忆。

我默默地站了一会儿，感到自己就是那清晨，我说：“你已卸下了你泪珠中的一切负担了吗？”

她微笑不语，我感觉到她的笑语就是从前眼泪所化成的。

“你曾说，”看到我犹如湖水般清澈平静，她忍不住低声地说，“你曾说，你会把悲痛永远刻在心里。”

我脸红了，说：“是的，但岁月流转，我已忘记悲痛。”

然后，我握着她的手说：“你也变了。”

“曾经是烦恼的，如今已变成平静了。”她说。

最后，我们牵着手在开满绿茵的小路散步，两个人都像清晨大气中饱含的露珠，清澈、平静、饱满。

昨天悲痛的露珠早已消散，今晨的露珠也在微笑中，逐渐消散了。

这是泰戈尔《即兴诗集》里的一段，我改写了一点点，使它具有一些“林清玄风格”，寄给你。我觉得这一段话很能为我们情爱的过往写下注脚。我偶尔也会遇见年轻时给我悲痛与烦恼的人，就感觉自己很能接近这首叙事诗的心情了。

我很能体会你此时的心情，因为不想伤害别人，以致迟迟不能做出分手的决定。你是那样善良与纯真（就像我的少年时代），可是，往往因为我们不忍别人受伤，到最后，自己却受了最大的伤害，那就像把一支蜡烛围起来烧一样（因为我们怕烧到别人），自己承受了浓烟和窒息。其实，只要我们把蜡烛拿到桌面上，黑暗的房子看得更清楚，自己和别人说不定因此有一些光明与温暖的体会。

这些年来，我日益觉得智慧的重要。什么是“智慧”呢？“智”是观察和思考的能力，“慧”是抉择与判断的能力。你的情形是很容易做观察和抉择的。爱上你的人是你不该爱的人，而选择分手可以使你卸下负担得到自由，为什么不选择及早地分手呢？你不忍对方受伤害，但是，爱必然会带着伤害，特别是不正常、不平衡的爱，伤害是必然的，我们要学习受伤，别人也要学习受伤呀！

我再写一首泰戈尔的短诗给你：

烟对天空、灰对大地自夸：

“火是我们的兄弟。”

悲伤对心、烦恼对生命自矜：

“爱是我们的姊妹。”

问了火和爱，他们都说：

“我们怎么会有那样的兄弟姊妹？”

“我的兄弟是温暖和光明。”火说。

“我的姊妹是温柔与和平。”爱说。

在我们生命的岁月里，火和爱或许是必要的，但不必弄得自己烟尘滚滚、灰头土脸，也不必一定悲伤和烦恼，那就像每天有黎明与日落一般，大地坦然地承受罢了。不正常与不平衡的爱是人生最好的启蒙，就如同乌云与暴风雨是天空最好的启示一般。

关于心、关于生命，没有什么是真正的伤害，也没有什么是真正的好。雨在下的时候可能觉得自己对茉莉花是有好处的，但盛开的茉莉花可能因为一场微雨凋落了；暴晒的阳光可能觉得自己会伤害秋日的土地，但土地中的种子却因为阳光能青翠地发芽了。爱情的成熟与圆满正是如此，只要不失真心，没有什么可以伤害我们真实的生命。

在写信给你的时候，我的思想像一只天鹅飞翔，忆起自己在笔记上写过的一些东西：

人人都渴望爱情，即使我们正处在其中的爱情不是最好的，

却因为渴求而盲目了，这一点连天神也不例外。

箭在弓上时，箭听见弓的低语：

“你的自由是我给予的。”

箭射出时，回头对弓大声说：

“我的自由是我自己的。”

——没有飞翔，就没有自由。

——没有放下，就没有自由。

——没有自由，弓与箭都失去意义。

这些都是游戏的笔墨，我们千万别忘了弓箭之后有拉弓的力，力之后还有人，人还要站在一个广大的空间上。

人人都渴望爱情，即使我们正处在其中的爱情不是最好的，却因为渴求而盲目了，这一点连天神也不例外。希腊神话里太阳神阿波罗在追求猎户少女达芙妮时，因为追不到，使她被父亲化成一棵月桂树，然后感叹地说：“你虽不爱我，但最低限度你必须成为我的树。”从此，阿波罗的头上总是戴着月桂冠，纪念他对达芙妮的爱。牧神潘恩则把女神灵化成一簇芦苇，并把她化成一支芦笛随身携带。世上最美的少年那喀索斯无法全心地爱别人（因为他太爱自己了），最后他化为池中的一朵水仙花。另一位美少年许阿铿托斯则因为阿波罗的嫉妒而变成一枝随风飘摇的风信子……

神话是一个象征，象征人要从情爱中得到自由自在、无碍解脱是多么艰难呀！但是学习是人间的功课，到现在我还在学习，只是我每看到人在情爱中挣扎都是感同身受，希望别人早日得到超越，那是因为我们的学习不一定要自己深陷泥沼才会体验到，有观照之智、抉择之慧，也知道那泥沼的所在和深浅，绕道而行或跨步而过。

希望下次收到你的信，能看到你的好消息。我们不必编月桂冠戴在头上，不必随身携带芦笛，人生有许多花朵等我们去采。如果只想采断崖绝壁那一朵绝美的百合，很可能百合没有采到，清晨已经消逝了。

珍惜青春是最重要的。在不正常、不平衡的爱里挥霍青春，将会使人生的黄金岁月过得茫然而痛苦。青春像鸟，应该努力往远处飞翔。爱情纵使贵如黄金，翅膀上绑着黄金，也会使最善飞翔的鸟为之坠落！

屋里的小灯虽然熄灭了，
但我不畏惧黑暗，
因为，总有群星在天上。
爱情虽然会带来悲伤，
一如最美的玫瑰有刺，
但我不畏惧玫瑰，
因为，我有玫瑰园，
我只欣赏，而不采摘。

但愿这封信能抚慰你挣扎的心，并带来一些启示。

九月很好

月亮是永不失去的，

月亮看不见只是被云层所遮蔽，

并不会离开它存在的地方。

这是为什么佛教把自性说成月亮，

见不到月亮的人只是被云层所遮，

并不是没有月亮。

月亮与台风

快中秋了，阳历是九月。

孩子的自然课本要做九月天象的观察，特别是要观察记录月亮，从八月初记录到中秋节。

每天夜里吃过晚饭，孩子就站在阳台等待月亮出来，有时甚至跑到黑暗的天台，仰天巡视，然后会看到他垂头丧气地进屋，说：“月亮还是没有出来。”

我看到孩子写在习作上，几天都是这样的句子：云层太厚，天空灰暗，月亮没有出来，无法观察。

最近这几天，连续几个台风来袭，月亮更连影子都没有，孩子很不开心，他说：“爸爸，这九月怎么这么坏，连个月亮也看不见！”

“九月并不坏呀！最热的天气已经过了，气温开始转凉，是最美丽的秋天，有最好的月亮，只不过是这几天天气差一点而已。”

我告诉孩子，台风虽然是讨厌的、有破坏力的，但是台风也有很多好处，例如它会带来丰沛的雨量，解除荒旱的问题；例如它会对垃圾、不好的东西来一次清洗；又例如让我们感受到人的渺小，因此敬畏自然。

“既然不能观察月亮，你何不观察台风呢？”

“好主意！”孩子欢喜地说。

我看到他的作业本上，写着诗一样的记录：风从东西南北吹来，云在天空赛跑，雨势一下大一下小，伞在路上开花。

台风的美，可能也不输给月亮。

生活实在太忙了，一般人平常抽不出时间看天色，

中秋几乎成为唯一看天空的日子，我们准备了月饼、柚子、茶食，

就在表示我们是多么慎重地想看看月亮，让月亮看看我们。

月亮永不失去

中秋节没有月亮真是扫兴的事。

我想到，我们在乎的可能不是月亮，而是在乎期待的落空，否则每个月（农历）十五都是月圆，大部分人都没有什么感觉的。

生活实在太忙了，一般人平常抽不出时间看天色，中秋几乎成为唯一看天空的日子，我们准备了月饼、柚子、茶食，就在表示我们是多么慎重地想看看月亮，让月亮看看我们。

好，月亮既然不出现，也就算了，我们吃吃月饼、尝尝柚子，在暗夜中睡去，明天再开始投入忙碌的生活，期待明年中秋的月亮。

其实，月亮是永不失去的，月亮看不见只是被云层所遮蔽，并不会离开它存在的地方。这是为什么佛教把自性说成月亮，见不到月亮的人只是被云层所遮，并不是没有月亮。

可惜的是，我们一年才看一次月亮，有多少人一年里看见一次自我的光明呢？在这个世界上，没有人能真正了解或知道我们，如果连自己都不能寻找生命的根源，不能觉知自我的光明，就连自己也不能自知了。

理论上，人人都知道月亮随时都在，实际上，很不容易去触及那种光明，也不是不容易触及，而是不愿去实践、不愿去发掘，很少去户外。

在这个寂寞的时代，没有人能完全地互相了解，

即使是知己、最亲密的人，也难以触及彼此的内在世界。

孤单之旅

在这个寂寞的时代，没有人能完全地互相了解，即使是知己、最亲密的人，也难以触及彼此的内在世界。

因此，每个人的人生，就是一段孤单之旅。

我时常在想，由于生命的孤单和不足，这人间才会分成男人和女人、父母和子女、朋友和敌人、丈夫和妻子，如果是在一个完美与圆满的世界，一个人已经足够了。

也因为这种孤单和分裂，我们之间永远不能互相了解，对于自己的心如果能了解、能坦诚面对，也就够了；对于别人的心意，如果能了解一部分，不互相对立，也就很好了。

生命之所以有这么多不同，有着各种因缘和关系，是希望我们能从孤单中走出，试着去知道生命的不足。也由于孤单与不足，才会有一些更高层次的东西触动我们、吸引我们、带领我们。

生命的触动

生命的触动是多么必要呀！

当某种语言触动了我们的思维，那就是诗歌或者文学；

当某种颜色触动了我们的眼睛，那就是绘画；

当某种音声触动了我们的心灵，那就是音乐；

当某种传奇或故事触动了我们，那就是戏剧；

当某种情感触动了我们，那就是爱；

当某种爱提升了我们，那就是感恩；

当某种感恩被触动，就可以吸引我们、带领我们，走向生命完美的归向。

心地明明，乾坤朗朗

在现实的生命，没有什么是圆满的，有时平静，有时狂喜；时而寂寞，时而热闹；或者欢欣，或者悲哀。

在现实的宇宙，没有什么是完美的，有时风和日丽是狂风暴雨的预示，有时云天晴美是地震台风的前兆。有时呀，不测的风雨会在午后的大晴朗后出来。

我时常在想，这变动不居的宇宙是不是我们变动不居的心识之映现？如果心地明明，是不是就乾坤朗朗了呢？

我找不到答案，唯一知道的是，台风来的时候，如果我们把房子造得坚固一些，我们依然可以在平静温暖的灯下读书。

悲伤与唱歌

生命不免会唱悲伤的歌。

但唱过歌的人都会发现，我们唱的歌越忧伤就越能洗净我们的悲情。

“悲伤地唱歌”和“唱悲伤的歌”是很不同的。

不管是悲伤或者是唱歌，都只是人生的一小段旅途。

好的悲伤和好的歌唱都会令我们感动，感动是最好的，感动使我们知悉生命的炽热，感动使我们见证心灵的存在，感动使我们或悲或喜，忽哭忽笑，强化了生命的弹性。

能悲伤是好的。

能唱歌是好的。

悲伤时好好地悲伤吧！

唱歌时高扬地唱歌吧！

大不了

有几个朋友同时来向我诉苦，他们都在同一个办公室做事，关系不佳、错综复杂，但他们都是我的朋友。

他们相互之间看到的都是缺点，可能是距离近的缘故。

我看到他们的都是优点，可能是保持距离的缘故。

连续接几个电话下来，感觉就像是看“罗生门”一样，每一个都是真相，每一个也都不是真相。

我总是对每一个朋友说：“别那么在乎，天下没有什么大不了的事！”

真的，不必太在乎，不必太执着，天下没有什么大不了的事！

九月很好

九月是很好的月份。

中秋月圆、云淡风轻、温和爽飒。

真的，九月是很好的月份。

最近的那个台风也过去了，九月很好。

晴窗一扇

登山界流传着一个故事，一个又美丽又哀愁的故事。

传说有一位青年登山家，有一次登山的时候，不小心跌落在冰河之中，数十年之后，他的妻子到那一带攀登，偶然在冰河里找到已经被封冻了几十年的丈夫。这位被埋在冰天雪地里的青年，还保持着他年轻时的容颜，而他的妻子因为在尘世里，已经两鬓飞霜年华老去了。

我第一次听到这个故事时，整个胸腔都震动起来，它是那么简短、那么有力地说出了人处在时间和空间之中的确是渺小的，有许多机缘巧遇正如同在数十年后在冰河相遇的夫妻。

许多年前，有一部电影叫《失去的地平线》，那里是没有时空的，人们过着无忧无虑的快乐生活。一天，一位青年在登山时迷路了，闯入了失去的地平线，并且在那里爱上一位美丽的少女。少女向往着人间的爱情，青年也急于要带少女回到自己的家乡，两人不顾大家的反对，越过了地平线的谷口，穿过冰雪封冻的大地，历尽千辛万苦才回到人间。不料在青年回头的那一刻，少女已经是满头银发，皱纹满布，风烛残年了。故事便在优雅的音乐和纯白的雪地中揭开了哀伤的结局。

本来，生活在失去的地平线的这对恋侣，他们的爱情是真诚的，也都有创造将来的勇气，他们为什么不能有圆满的结局呢？问题发生在时空，一个处在流动的时空，一个处在不变的时空，在他们相遇的一刹那，时空拉远，就不免跌进了哀伤的迷雾中。

最近，台北在公演由白先勇小说《游园惊梦》改编的舞台剧，我少年时代几次读《游园惊梦》，只认为它是一个普通的爱情故事，年岁稍长，重读这篇小说，竟品出浓浓的无可奈何。经过了数十年的改变，它不只是一个年华逝去的妇人对风华万种的少女时代的回忆，而是对时空流转之后人力所不能为的忧伤。时空在不可抗拒的地方流动，到最后竟使得“一朝春尽红颜老，花落人亡两不知”。

“时间”和“空间”，这两道为人生织锦的梭子，它们的穿梭来去竟如此无情。

在希腊神话里，有一座不死不老的神仙们所居住的山，山口有一个大的关卡，把守这道关卡的就是“时间之神”，它把时间的流变挡在山外，使得那些神仙可以永葆青春，可以和山和太阳和月亮一样永恒不朽。

作为凡人的我们，没有神仙一样的运气，每天抬起头来，眼睁睁地看见墙上挂钟嘀嘀嗒嗒迈着匆匆的脚步，即使坐在阳台上沉思，也可以看到日升、月落、风过、星沉，从远远的天外流过。有一天，我们偶遇到少年游伴，发现他略有几根白发，而我们的心情也微近中年了。有一天，我们突然发现院子里的紫丁香花开了，可是一趟旅行回来，花瓣却落了满地。有一天，我们看到家前的旧屋被拆了，可是没过多久，却盖起一栋崭新的大楼。有一天……我们终于察觉，时间的流逝和空间的转移是如此无情和霸道，完全没有商量的余地。

中国的民间童话里也时常描写这样的情景，有一个人在偶然的机缘上到了天上，或者游了龙宫，十几天以后他回到人间，发现人事全非，手足无措；因为“天上一日，世上一年”，他游玩了十数天，世上已过了十几年，十几年的变化有多么大呢？它可以大到你回到故乡，却找不到自家的大门，认不得自己的亲人。贺知章的《回乡偶书》很能表达这种心情：“少小离家老大回，乡音无改鬓毛衰。儿童相见不相识，笑问客从何处来？”数十年的离乡，甚至可以让主客易势呢！

佛家说的“色相是幻，人间无常”实在是参透了时空的真实，让我们看清一朵蓓蕾很快地盛开，而不久它又将凋落。

《水浒传》的作者施耐庵在该书的自序里有短短的一段话：“每怪人言，某甲于今若干岁。夫若干者，积而有之之谓。今其岁积在何许？可取而数之否？可见已往之吾，悉已变灭。不宁如是，吾书至此句，此句以前，已疾变灭，是以可痛也。”（我常对别人说“某甲现在若干岁”感到奇怪，若干，是积起来而可以保存的意思，而现在他的岁积存在什么地方呢？可以拿出来数吗？可见以往的我已经完全改变消失，不仅是这样，我写到这一句，这一句以前的时间已经很快改变消失，这是最令人心痛的。）正是道出了施耐庵对时空的哀痛。

古来中国的伟大小说，只要我们留心，它讲的几乎全有一个深刻的时空问题：《红楼梦》的花柳繁华、温柔富贵，最后也走到时空的死角；《水浒传》的英雄豪杰、重义轻生，最后下场凄凉；《三国演义》的大主题是“天下大势，分久必合，合久必分”；《金瓶梅》是色与相的梦幻湮灭；《镜花缘》是水中之月，镜中之花；《聊斋志异》是神鬼怪力，全是虚空；《西厢记》是情感的失散流离；《老残游记》更明显地道出了：“眼看他起高楼，眼看他楼塌了。”

我们的文学作品里几乎无一例外地说出了人处在时空里的渺小，可惜没有人从这个角度深入探讨，否则一定会发现中国民间思想对时空的递变有很敏感的触觉。西方有一句谚语：“你要永远快乐，只有向痛苦里去找。”正道出了时空和人生的矛盾，我们觉得快乐时，偏不能永远，留恋着不走的，永远是那令人厌烦的东西……这就是在人生边缘上不时捉弄我们的时间和空间。

柏拉图写过一首两行的短诗：

你看着星吗，我的星星？

我愿为天空，得以无数的眼看你。

人可以用多么美的句子、多么美的小说来写人生，可惜我们不能是天空，不能是那永恒的星星，只有看着消逝的星星感伤的份儿。

有许多人回忆过去的快乐，恨不能与旧人重逢，恨不能年华停伫，事实上，却是天涯远隔，是韶光飞逝，即使真有一天与故人相会，心情也像在冰雪封冻的极地，不免被时空的箭射中而哀伤不已吧！日本古代诗人和泉式部有一首有名的短诗：

心里怀念着人，
见了泽上的萤火，
也疑是从自己身体出来的梦游的魂。

我喜欢这首诗的意境，尤其“萤火”一喻，我们怀念的人何尝不是夏夜的萤火忽明忽灭，或者在黑暗的空中一转眼就远去了，连自己梦游的魂也赶不上，真是对时空无情极深的感伤了。

说到时空无边无尽的无情，它最终会把一切善恶、美丑、雅俗、正邪、优劣都洗涤干净，再有情的人也无力挽救。那么，我们是不是就因此而失望颓丧、徘徊不前呢？是不是就坐等着时空的变化呢？

我觉得大可不必，人的生命虽然渺小短暂，但它像一扇晴窗，是由自己小的心眼里来照见大的世界。

一扇晴窗，在面对时空的流变时，飞进来春花，就有春花；飘进来萤火，就有萤火；传进秋声，就有秋声；侵进冬寒，就有冬寒。闯进来情爱就有情爱，刺进来忧伤就有忧伤，无论什么事物到了我们的晴窗，都能让

一扇晴窗，在面对时空的流变时，飞进来春花，就有春花；飘进来萤火，就有萤火；传进秋声，就有秋声；侵进冬寒，就有冬寒。

我们更真切地体验生命的深味。

只是既然是晴窗，就要有进有出，曾拥有的幸福，在失去时窗还是晴的；曾被打击的重伤，也有能力平复；努力维持着窗的晶明，如此任时空的梭子如百鸟之翔在眼前乱飞，也能有一种自在的心情，不致心乱神迷。

有的人种花是为了图利，有的人种花是因为无聊，我们不要成为这样的人，要真爱花才去种花——只有用“爱”去换“时空”才不吃亏，也只有心如晴窗的人才有真正的爱，更只有爱花的人才能种出最美的花。

以夕阳落款

开车走麦帅二桥，要下桥的时候，突然看到西边天最远的地方，有一轮紫红色饱满而圆润的夕阳。

那夕阳美到出乎我的意料，紫红中有一种温柔震慑了我的心，饱满而圆润则有一种张力，温暖了我连日来被误解的灰暗。

我突然感到舍不得，舍不得夕阳沉落。

我没有如平时一样，在下桥的第三个红绿灯左转，而是直直地向西边的太阳开去。

我一边踩着油门，一边在心里赞美这城市里少见的秋日的夕阳之美，同时也为夕阳沉落的速度感到惊讶。

仿如拿着滚轮滚下最陡的斜坡，连轮轴都没看清，滚轮已落在山脚。夕阳亦是如此，刚刚在桥上时还高挂在大楼顶上的红色圆盘，一坠一坠，迅即落入路的尽头。

就在夕阳落入黑暗的那一刹那，城市立即蒙上了一片灰色的暗影，我的心也像石头坠入湖心，石已不见，一波一波的涟漪却泛了起来。

我猛然产生了两个可怕的想法：我每天都在同一个时间走同一条路到学校接孩子放学，为什么三个月来都没有看见美丽的夕阳？如果我曾看见夕阳，为什么三个月来完全没有感觉？

这两个想法使我忍不住悲哀。在前面的三个月，我就像一棵树，为了抵挡生命中突来的狂风暴雨，以免树下的几棵小树受伤，每日在风雨中摇来摇去，根本没有时间抬头看看蔚蓝的天空，更不用说一天只是短暂露脸的夕阳了。

我为自己感到悲伤，但更悲伤的是，想到这城市里，即使生命中没有风雨，也很少有人能真心欣赏这美丽的夕阳吧！

每到黄昏时开车去接孩子，会打开收音机以排遣塞车的无聊，才渐渐发现，黄昏时刻几乎所有的电台都是论说的节目。抒情的、感性的节目，在下午四点以后就全部沦亡了。

论说的节目几乎无可避免地有一个共同的调子，就是批评，永不停止地批评。

我常常会想：在黄昏的时候，一天的工作已经结束，心情应该处在一种欢喜与柔美的状态，沉浸于优美的音乐。然而几乎所有的节目都在论说，永不停止地议论，是不是象征着整个城市在黄昏时美好的感觉也都沦亡了呢？

如果我们的每一天是一幅画，应该尽心地着墨，尽情地上彩，尽力地美丽动人，在落款钤印的时候，才不会感到遗憾。

想要换个电台、换一种感觉，转来转去却转不出忧伤的心。最后，只好又转回我最喜欢的台北爱乐，一边听着优美的古典音乐，一边想着：如果在黄昏时刻，禁止论说，只准听音乐、喝茶、看夕阳沉思，将是对这个城市的人最严重的惩罚吧！

那美丽的紫红夕阳，使我想起水墨画左下角的落款的印章。

如果我们的每一天是一幅画，应该尽心地着墨，尽情地上彩，尽力地美丽动人，在落款钤印的时候，才不会感到遗憾。对一幅画而言，论说是容易的，抒情是困难的；涂鸦是容易的，留白是困难的；签名是容易的，盖章是困难的。

但是，这个城市还有人在画水墨画吗？还有人在每天黄昏，用庄严的心情为一幅水墨画落款吗？

看到夕阳完全沉落，我怅然地回转车子，有着橘子黄的光晕还余韵犹存地照在车上，惨白的街灯则已点亮，逐渐在黑幕里明晰。

我为自己的今天盖下一个美丽的落款封印，并疼惜从前那些囿于世俗的、沦于形式的、僵于论说的、在无知与无意间流逝的时光。

这一站到那一站

最近在搬家，这已经是住在台北的第十次搬家了。每次搬家就像在乱阵中要杀出重围一样，弄得精疲力竭，好不容易出得重围，回头一看则已尸横遍野，而杀出重围也不是真的解脱，是进入一个新的围城清理战场了。

搬家，真是人生里无可奈何的事，在清理杂物时总是面临舍与不舍、丢或不丢的困境，尤其是很多跟随自己许多年的书，今生可能再也不会翻阅；很多信件是少年时代保存至今，却已是时光流转、情境不再；许多从创刊号保留的杂志，早已是尘灰满布，永远不会去看了；还有一大堆旧笔记、旧剪贴、旧资料、旧卡片，以及一些写了一半不可能完成的稿件……每打开一个柜子，都是许多次的彷徨、犹豫、反复再三。

好不容易下定决心，把不可能再用的东西舍弃，光是纸类就有二百多公斤，卖给收旧货的人，一公斤一元，合起来正是买一本新书的钱。

还舍弃一些旧家具，送给需要的朋友。

由于想到人生里没有多少次像搬家，可以让我们痛快地舍弃，使我丢掉了许多从前十分钟爱的东西，都是不能用金钱衡量的，一些成长的纪念。林林总总，舍掉的东西恐怕有一部货车那么多。

即使是这样，这次搬家还是动用了四部货车才“连载”完毕，使我想起从前刚到台北，行李加起来只有一只旅行袋，后来搬家，是一个旅行袋加一个帆布袋，学校毕业时搬家竟动用了一部小发财车，当时已觉得是颇大的背负。

幸好去服了兵役，第二次回台北，又是一只旅行袋，然后路越走越远，背的东西也日渐增加，虽然经常搬迁、舍弃，东西增加的速度却总是快过丢的速度，有时想起一只旅行袋走天下的年轻时的身影，心中不免感慨，那时身无长物，只有满腔的热血和志气，每天清晨在旅行途中的窗口看见朝日初升，总觉得自己像那一轮太阳。现在放眼四顾，周围堆满了东西，自己青年时代的热血与斗志是不是还在呢？

在时光的变迁中，有些事物在增长，有些东西在消失，最可担忧的恐怕是青春不再吧！许多事物我们可以决定取舍，唯有青春不行，不管用什么方法，它都是自顾自行走。

记得十年前一个寒冷的冬天，我住在屏东市一家长满臭虫的旅店，为了想看内埔乡清晨稻田的日出，凌晨四点就从旅店出发，赶到内埔乡天色还是昏暗的，我就躺在田埂边的草地等候，没想竟昏沉沉地睡去了，

许多事物我们可以决定取舍，唯有青春不行，

不管用什么方法，它都是自顾自行走。

醒来的时候日头已近中天。

我捶胸顿足，想起走了一个小时的夜路，难过得眼泪差一点落下来。正在这时，我看到田中的秧苗映着阳光，田地因干旱而显出的裂纹，连绵到天边。有非常之美，是我从未见过的景象，立即转悲为喜，感觉到如果能不执着，心境就会美好得多。

那时一位农夫走来，好意地请我喝水，当他知道我来看日出的美景时，抬头望着天空出神地说："如果能下雨，就比日出更美了。"我问他下雨有什么美，他说："这里闹干旱已经两个月了，没有下过一滴雨，日出有什么好呢？"我听了一惊，非常惭愧，以一种悔罪的心情看着天空的烈日，很能感受到农夫的忧伤。

后来，我和农夫一起向天空祈求下雨，深切地知觉到：离开了真实的生活，世间一切的美都会显得虚幻不实。

假若知道有阳光或者没有阳光，人都能观照的角度，就知道了舍与不舍，都是在一念之间。

不只是搬家，每个人新的一天，都是从这一站到那一站，在流动与迁徙之中，只要不忘失自我，保有热血与志气，到哪里不都是一样的吗？

我们现在搬家还能自己做主，到离开这个世界时也是身体的搬家，如果不及早准备，步步为营地向光明与良善前进，到时候措手不及，很可能就会再度走进迷茫的世界，忘记自己的来处了。

第三辑

以清净心看世界

茫茫大千世界里，

每个人都应保有一个自己的小千世界，

这小千世界是可以思考、神游、

欢娱、忧伤甚至忏悔的地方，应该完全不受干扰。

小千世界

台风“安迪”来访时，我正在朋友的书斋闲谈，狂乱喧嚣的风雨声不时透窗而来，一盏细小的灯花烛火在风中微明微灭，但是屋外的风雨越大，我越觉得朋友书房的幽静，并且微微透出书的香气。

我常想，在茫茫的大千世界里，每一个人都应该保有一个自己的小千世界，这小千世界是可以思考、神游、欢娱、忧伤甚至忏悔的地方，应该完全不受到干扰，如此，作为独立的人才有意义。因为有了小千世界，当大千世界风雨如晦、鸡鸣不已之际，我们可以用清明的心灵来观照；当举世狂欢、众乐成城之时，我们能够超然地自省；当在外界受到挫折时，回到这个心灵的城堡，我们可以在里面得到安慰；心灵的伤口复原，然后再一次比以前更好地出发。

这个“小千世界”最好的地方无疑是书房，因为大部分人的书房里都收藏了无数伟大的心灵，随时能来和我们会面，我们分享了那些光耀的创造，而我们的秘密还得以独享。我认为每个人居住过的地方都能表现他的性格，尤其是书房，因为书房是一个人最亲密的地点，也是一个人灵魂的写照。

我每天总有数小时的时间在书房里，有时读书写作，大部分时间是什么也不做，一个人静静地让想象力飞奔，有时想想一首背诵过的诗，有时回到童年家门前的小河流，有时品味着一位朋友自远地带给我的一瓶好酒，有时透过纱窗望着遥远的点点星光想自己的前生，几乎到了无所不想的地步，那种感应仿佛在梦中一样。

有一次，我坐在书桌前，看到书房的纸篓已经满了，有许多是我写坏了的稿纸，有的是我已经使用过的笔记，全被揉皱丢在纸篓里，而我已经完全忘记了内容，我要去倒纸篓的时候灵机一动，把那些我已经舍弃的纸一张张拿起来，铺平放在桌上，然后我便看见了自己一段生活的重现，有的甚至还记载着我心灵最深处的一些秘密，让自己看了都要脸红的一些想法。

后来我体会到“敬惜字纸”的好处，丢掉了纸篓，也改正了从前乱丢纸张的习惯。书房的纸篓都藏有这么大的玄机，缘着书架而上的世界，可见有多么海阔天空了。

“安迪”台风来访那一夜，我在朋友家聊天到深夜才回到家里，没想到我的书房里竟进了水，那些还夹着残破树叶的污水足足有半尺高，我书架最下层的书在一夜之间全部泡汤。一看到抢救不及，心里紧紧地

因为有了小千世界，当大千世界风雨如晦、鸡鸣不已之际，

我们可以用清明的心灵来观照。

冒上来一阵纠结的刺痛，马上想到一位长辈，远在加州的许芥昱教授，他的居处淹水，妻儿全跑出了屋外，他为了抢救地下室的书籍资料，迟迟不出，直到儿子在大门口一再催促，他才从屋里走来，就在这时，他连人带房子及刚抢救的书籍资料一起被冲下山去，尸体被发现在数十英里外的郊野。

许芥昱生前好友甚多，我在美国旅游的时候，听到郑愁予、郑清茂、白先勇、于崇信、金恒炜都谈过他死的情形，大家言下都不免有些怅然。一位名震国际的汉学家，诗书满腹，却为了抢救地下室的书籍资料而客死异域，的确让人长叹。但是我后来一想，假如许芥昱逃到了屋外，眼见自己的数十年心血、自己最钟爱的书房被洪水冲走，那么他的心情又是何等哀伤呢？这样想时也就稍微能够释然了。

我看到书房遭水淹的心情是十分哀伤的，因为在书架的最底层，是我少年时期阅读的一批书。它们虽然随着岁月褪色了，大部分我也读得熟烂了，然而它们曾经伴随我度过年少的时光，有许多书一直到今天还深深地影响着我。不管我搬家到哪里，总是带着这批我少年时代的书，不忍丢弃，闲时翻阅也颇能使我追想到过去那段意气风发的日子，对现在的我仍存在着激励自省的作用。

这些被水淹的书中，最早的一本是一九五八年由大众书局出版、吕津惠翻译的《少年维特的烦恼》，是我的大姐花五元钱买的，一个个看下来，后来传到我的手中，我是在初中一年级读这本书的。

随手拾起一些湿淋淋的书，有史怀哲的《非洲手记》、英格玛·伯格曼的《野草莓》、安德烈·纪德的《刚果之行》、阿德勒的《自卑与生活》、叔本华的《爱与生的苦恼》、田纳西·威廉斯的《青春之鸟》、赫胥黎的《瞬息的烛火》、塞林格的《麦田里的守望者》、梅立克和普希金的小说以及艾斯本的遗稿，总共竟有五百余册的损失。

对一个爱书的人，书的受损就像农人的田地被水淹没一样，那种心情不仅是物质的损失，还有岁月与心情的伤痕。我蹲在书房里看劫后的书，突然想起年少时展读这些书册的情景，书原来也是有情的，我们可以随时在书店里购回同样内容的新书，但读书的心情是永远也买不回来了。

“小千世界”是每个“小小的大千”，种种的记录好像在心里烙下了血的刺青，是风雨也不能磨灭的。但是在风雨里把钟爱的书籍抛弃，我竟也有了黛玉葬花的心情，一朵花和一本书一样，它们有自己的心，只是作为俗人的我们，有时候不能体会罢了。

逆风的香

阿难是佛陀的十大弟子之一。

有一天，阿难独自在花园里静坐，突然闻到园中的花，随着黄昏吹来的风，飘过来一阵一阵的花香。

平常有风吹着花香的时候，由于心绪波动，不一定能闻到花香。当心静下来的时候，又不一定有风吹来，所以也嗅不到花香。

那一个黄昏，阿难的心情特别宁静，又是春天——花朵最香的时节，正好春风飒飒，缓缓吹送。在这么多原因的配合下，阿难闻到了有生以来最美妙的花香。

花香围绕着阿难，花香流过他的身心，然后流向不可知的远方。这些花香使阿难从黄昏静坐到夜里都舍不得离开，这些花香也使阿难非常感动。

如果我们有着怜爱、珍惜、欣赏的心，

即使在人生的无寸草处行走，也会看见那美丽神奇的一瞥。

在感动中，阿难宁静的心也随花香飘动起来，他想到了一些从未想过的问题：草木都是开花的时候才会香，有没有不开花就会香的草木呢？花朵送香都限制在一个短暂的因缘里，有没有经常芬芳的花朵呢？春花的香飘得再远也有一个范围，有没有弥漫全世界的香呢？所有的花香都是顺风飘送，有没有在逆风中也能飘送的香呢……

阿难想着这些问题，想到入神，竟然使他在接下来的几天无法静心。有一天，阿难又坐在花香中出神，佛陀走过他静坐的地方，就问他：“你的心绪波动，到底是为了什么呢？”阿难就把自己苦思而难解的问题请教了老师。

佛陀说：守戒律的人，不一定要开花结果才有芬芳，即使没有智慧之花，也会有芳香。有禅定的心，就不必要在因缘里寻找芬芳，他的内心永远保持喜悦的花香。智慧开花的人，他的芬芳会弥漫整个世界，不会被时节范围所限制。一个通过内在开展戒、定、慧的品质的人，即使在逆境里也可以飘送人格的芬芳呀！

阿难听了，垂手肃立，感动不已。佛陀和蔼地说：“阿难，修行的人不只要闻花园的花香，也要在自己的内心开花——有德行的香。这样，不管他居住在城市或山林，所有的人都会闻到他的花香！”

如果我们的内心是一个花园，人生的哪一天不是最美的花季呢？

如果我们的内心春风洋溢，人生的哪一个时候不是最好的春天呢？

如果我们有着怜爱、珍惜、欣赏的心，即使在人生的无寸草处行走，也会看见那美丽神奇的一瞥。

所以，花季的时候，不要忘了在自己的心里种花。

平常有风吹着花香的时候，由于心绪波动，不一定能闻到花香。当心静下来的时候，又不一定有风吹来，所以也嗅不到花香。

拒绝融化的冰

有一个父亲对他的儿子说：

“去拿一粒榕树的果实来。”

儿子拿来了一粒榕树的果实。

“将它剖开。”父亲说。

“剖开了，爸爸。”儿子说。

“你在里面看到了什么？”

“一些种子，很小的种子。”

“剖开其中一粒。”

“剖开了，爸爸。”

“你在里面看到了什么？”

“什么也看不到，爸爸。”

父亲于是对儿子说："那微妙的本体是看不见的，使一棵大榕树得以存在的，就是那无相的本体，这是不可见的真。我的儿呀，你也是像一粒榕树种子，剖开来一无所见。"

"爸爸，请再教我一些智慧。"儿子向父亲说。

父亲于是给了儿子一包盐，说："将这盐放进一盆水里，明天把盆子端来见我？"

第二天早晨，儿子端盆子来见父亲。

父亲严厉地说："把你昨晚放进水里的盐拿出来还给我！"

儿子面有难色，因为盐早就化了。

父亲于是说："尝尝盆里的水，告诉我味道怎么样？"

"咸的。"儿子尝了以后回答。

"中间的水呢？"

"也是咸的。"

"盆底的水呢？"

"也是咸的。"

父亲于是对儿子说："我的儿呀！跟水中的盐一样，在你这个身体里面，你还没有体会到真，是微妙的本体，在水中虽不可见，却能体会到它，水如果晒干了，盐还是在的。我的儿呀，你也是这样，虽一无所见，却是存在的。"

这是印度古籍《圣都格耶奥义书》里的故事，我觉得可以拿来讲佛教的"空义"，或禅宗的"自性"，空不是虚无，虽不能见，却是存在的；自性的种子剖开来什么也没有，而法身的大树却是从其中生长的。那种感觉就像我们的呼吸，我们看不见入息和出息，却在我们的身体里进进出出，我们不能说它是无，因为它有一种实感；也不能说它是有，因为我们并无法抓住或保留在我们身体进出的气息。吹气球也是如此，我们把四周的气吸来，吹进气球里，无法辨别说明那是空中本来有的气，还是我们身上的气。气球有一天会爆掉，空气又回到空中，或者我们会吸进一些，又吹进另一个气球，那样循环往复，没有定相。我们的身心也只是一个气球吧，在空中组合而成，有一天又回到空中。

如此思维，使我不禁又要想起释迦牟尼佛在菩提树下证道说出的第一句话：

“奇哉！众生皆有如来智慧德相，只因妄想执着不能证得！”

致使我们不能找到种子本体（如来智慧），不能体会水中之盐（德相）的正是妄想和执着呀。

“妄想”就是以虚妄颠倒的心，来分别诸法之相，无法如实地知见事物。妄想来自两方面，一方面是今生意识经验所生的妄想，一方面是无穷尽的前世熏习而与生俱来的妄想。

“执着”是由于虚妄分别的心，对事物或事理固执不舍。执着又分两种，第一种是不知道人我众生是五蕴假合，执着人我为本体的存在，称为我执、人执或众生执。第二种是不知五蕴之法为虚幻不实的“空”，执着法我为实体，称为“法执”。所以说，执着是由妄想而起的，而妄想则来自习气和无明。这些都不是一朝一夕的事，而是长久熏习于妄想

当我们真正融化，就不会贪求、占有、嫉妒、暴力或躁进，

我们的不幸和痛苦也会因而溶解，得到轻松、自在、和谐的自由之心。

与执着的缘故，就好像一盆水要结成一块冰一样，必须经过一个渐渐凝固的过程；反过来说，冰要融化成水，也要点点滴滴地溶解。

水与冰的体性并没有不同，妄想执着的冰融化了，就会成为智慧德相的水。因而真正使人生可悲的，并不是妄想会结冰，而是结了冰拒绝融化、拒绝觉悟、拒绝开启智慧，守在妄想与执着的幻城之中。

古灵神赞禅师说："灵光独耀，迥脱根尘，体露真常，不拘文字；心性无染，本自圆成，但离妄缘，即如如佛。"这是一种完全融化的境界，若不离开"妄想执着之缘"，就不会有这种境界了。

只有开始从妄想执着融化的人，才会懂得什么叫慈悲、什么叫澄明、什么叫柔软，逐渐走向圆融的智慧之路；当我们真正融化，就不会贪求、占有、嫉妒、暴力或躁进，我们的不幸和痛苦也会因而溶解，得到轻松、自在、和谐的自由之心。

我喜欢里尔克的一首短诗，他说：

我一人不能独存，
在我面前行进
并从我身边流开的许多人，
都在缠绕，
在缠绕
那是我的我。

呀，因为我们生而为人，任何人的死都会使我损失，任何人的欢欣都会使我高兴，任何人的智慧都会使我得到启发……因为我是人的一分子，我融化了。

让我们一起融化吧！让我们化入水中，不坚守自己的寒冰，让我们剖开生命大树的种子，看看树本体的奥秘吧。

让我们，互相融化，如光与光交错，灯与灯互相照亮吧！

生命的酸甜苦辣

朋友请我吃饭，餐桌上有一道菜是生炒苦瓜，一道是糖醋豆腐，一道是辣椒炒干丝。我看了桌上的菜不禁莞尔，说："今天酸甜苦辣都到齐了。"朋友仔细看看桌上的菜，不禁拍案大笑。

这使我想到，即使是植物，都各有各的特性：甘蔗是头尾皆甜，柠檬则里外是酸，苦瓜是连根都苦，辣椒则中边全辣，它们的这种特性，经过长时间的放置也不会失去，即使将它碎为微尘粉末，其性不改。还有一些做药材的植物，不管制成汤、膏、丸、散，或经长久的熬煮，特质也不散灭。

我们生活中的心酸、甜蜜、苦痛、辛辣，种种滋味，不亦如植物的特性吗？一旦我们品尝过了，似乎就永不失去。在我们的生命情境中，有很多时候，是酸甜苦辣同时放在一桌的，一个人不可能永远挑甜的吃，

我们生活中的心酸、甜蜜、苦痛、辛辣，种种滋味，

不亦如植物的特性吗？一旦我们品尝过了，似乎就永不失去。

偶尔吃点苦的、辣的、酸的，有助于我们品味人生。

在酸甜苦辣的生命经验更深刻之处，有没有更真实的本质呢？

若说柠檬以酸为本性，辣椒以辣为本性，甘蔗以甜为本性，苦瓜以苦为本性，那么人的本性又是什么呢？

我们常说“这个人本性不良”或“那个人本性善良”，可是，我们常看到素性不良的人改邪归正，又常见到公认本性良善的人却堕落了，这种本性似乎是“能改变”的，因此我们语言上所说的“本性”，事实上只是一种“熏习”，是习气的长期熏染而表现在外的，并不是最深刻的自我。

习气，是一种莫名其妙的偏执，正如嗜吃辣椒与柠檬的人，说不出是什么原因。但人生的一切烦恼正是由这种偏执而产生，偏执是可矫正的，矫正的方法就是中道，例如柠檬虽是至酸之物，若与甘蔗汁中和，就变得非常可口。去除习气只有利用中和的方法，人最大的习气不外乎是贪、嗔、痴，贪应该以“戒”来中和，嗔应该以“定”来中和，痴应该以“慧”来中和。一个人时时能中和自己的习气，就能坦然地面对生活，不至于被习气所左右。

我国有一个民间传说，相传汉朝有一位姓孟的女子，幼读儒书，长大学佛，得到乡里的一致敬爱，年老以后被称为“孟婆”。她死后成为幽冥之神，建了一座“醧忘台”，在阴阳之界投胎必经之路。孟婆取甘、苦、酸、辛、咸五味做成一种似酒非酒的汤，称为“孟婆汤”，投胎的人喝了这种汤就完全忘记前世，然后走入今生甘苦酸辛咸的旅程。

传说每一个魂魄入胎之前，各种滋味都要尝上点才能投胎，这就是人人都要在一生遍尝五味的缘由。传说又说，有的人甜汤喝多了，日子就过得好些；有的人苦汁喝得多，这一生就惨兮兮。

“孟婆汤”的传说非常有趣，启示我们：既然投生为人，就不可能全是甜头，生命里是有各种滋味的。

甘、苦、酸、辛、咸既是人生的五味，我们就难以只拣甜的来吃，别的滋味也多少会尝一些，如果是不可避免的，就欢喜地吃吧！

想想看，人生如果是一桌宴席，上桌的菜若都是蛋糕、甜汤，也是非常可怕的呀！

柔软的耕耘

童年时代，家里务农，种了许多作物，不管是要种什么，父亲带我们做的第一件事情就是翻松土地。

如果是种稻子或甘蔗，就用牛犁，一行一行地把土地翻过来，再翻过去，最少要把两尺深的硬土整个松过一遍。父亲的说法是："土地是有地力的，种过的土地表层已经耗去地力，所以要把有地力的沙土从深的地方翻出来。而且，僵硬的土地是什么作物也不能种植的，柔软的土地才是有用的土地。"

如果是尚未种过的土地，就要用锄头松土，因为怕牛犁损坏。先要把地上的杂草拔除，然后一锄一锄地掘下去，掘起来的土中夹着石头，要把石头拾到挑篮里。这些石头被挑到田畔去做水圳，以利灌溉和排水，并保护土地。

第一次耕种的土地要掘到四尺深，工作是非常繁杂的。

“为什么要掘这么深？”有一次我问父亲。

他说：“不管种什么作物，根是最要紧的，根长得深，长得牢固，作物的生长就没有问题。要根长得深和牢固，就要把石头和野草的根彻底地除去，要使土地松软。土地若是不松软，以后撒再多肥料也没有用呀！”

童年松土的记忆深埋在我的心里，知道强根固本的重要，但若没有柔软的土地，强根固本也就成为妄谈。人也是和土地一样，要先把心地松软了，一切菩提、智慧、慈悲，以及好的良善的品性，才有可能长得好。即使是年年长好作物的农田，也要每年除草、松土，才能种新的作物。

因此，一切正面的品德，最基础和根本的就是有一颗柔软的心。

柔软心在佛教的经典里常被提到，例如把十地菩萨的第五地称为“柔软地”。如来常教我们要有柔软的心、柔软的行为、柔软的语言；要柔顺、柔法、柔和忍辱、柔和质直。

例如在《法华经》里，佛就说柔和忍辱是如来的心，如果一个人有柔和忍辱的心，就可以防止一切嗔怒的毒害，如衣服可以防止寒热一样。佛说：“如来衣者，柔和忍辱心是。”“诸有修功德，柔和质直者，则皆见我身，在此而说法。”

例如在《大集经》里，佛说：“于众生中常柔软语故，得梵音相。”因而把如来温和柔软的声音，称为清净殊妙之相。

什么是柔软心呢？就是不执着、不染杂、不僵化、能出淤泥而不染的心。是指慧心柔软的人，能随顺真理，既能随顺人的本性不相违逆，又能与实相之理不相乖违。所以在《十住毗婆沙论》里说："柔软心者，谓广略止观相顺修行，成不二心也。譬如以水取影，清净相资而成就也。"那么，柔软心也可以说是不二的心、不分别的心、清净的心。

有柔软心的人才能真正地生起道德，也才能以这种柔软使别人生起道德。贤首菩萨曾说："柔和质直摄生德。"意思是慈悲平等、质直无伪的人，才能摄化众生进入正法。

我们都知道，佛教里以清净的莲花作为法的象征。莲花的十德里第五德就是："柔软不涩，菩萨修慈善之行，然于诸法亦无所滞碍，故体常清净，柔软细妙而不粗涩，譬如莲花体性柔软润泽。"（《佛说除盖障菩萨所问经》）所以，莲花也叫作"柔软花"。

据说在天界最洁白柔软的花曼殊沙华，也叫作"柔软花"。不知道莲花与曼殊沙华是不是相同，但是把人间天上最美的花都叫作"柔软花"，可以见到其中深切的寓意。

有柔软地才会耕耘出柔软心，不是来自印度的观念，中国本来就有。

传说老子的老师常枞将死的时候，老子去问法，请老师说出最后的教化。

常枞缓缓张开嘴巴，叫老子往嘴巴里看，问老子说："你看见什么？"

老子说："我只看见舌头。"

常枞说："牙齿还安在吗？"

老子说："牙齿都没有了。"

柔软心是觉悟、是菩提、是般若波罗蜜多，

是成就一切法门的根本一心，也是一切法门成就的境界。

常枞说："这就是我给你上的最后一课。"

老子又问："自今而后，我要向谁请教？"

常枞说："你要以水为师，你看河床的石头虽然坚硬无比，不久就被水穿成孔、流成槽了。"

说完，常枞就仙逝了。

这是中国古代讲柔软心的动人故事。常枞"以水为师"的教化可以和佛圆寂时说的"以戒为师"相媲美。以水的柔软为师，能知道天下最坚强的就是柔软；以戒的清净为师，能知道天下最有力量的是清净。

老子以水为师，说出了千古的真意："守柔曰强""弱之胜强，柔之胜刚""天下莫柔弱于水，而攻坚强者莫之能胜""江海所以能为百谷王者，以其善下之"。老子是通达柔软心的真实开悟者。

柔软的水才能千回百转，或成平湖，或成瀑布，或成湍流，天下没有可以阻挡的。柔软的土地才能生机绵延，或在平原，或在奇峰，或在污泥，都能展现生命的活力。柔软的心才能超越人生世相，或处痛苦，或陷逆境，或逢艰危，都能有宽容、感恩、谦卑、无畏的心情。

故知柔软心是觉悟、是菩提、是般若波罗蜜多，是成就一切法门的根本一心，也是一切法门成就的境界。

当我们说到修行，修行就是不断地松土、除草、捡石头，使土地维持在最好的状况吧！土地如果在最好的状况，随便撒一把种子，生机就会有无限的绵延。

童年松土的时候，我时常会踩到石头跌伤，锄伤自己的脚踝，被虫蚁咬肿，甚至偶遇西北雨，回家就感冒了。但只要知道那是使土地柔软所必须付出的代价，就能安于刺痛、锄伤与感冒。

每年，在土地完全翻松的时候，我站在田岸上，看着老牛吃草，看白鹭鸶在土地上嬉戏，就仿佛已看见黄金色的稻子在晨风中点头微笑，看见了油菜花嫩黄的颜色上有彩蝶翩翩，看见了和风吹拂在翠绿的芋叶上，夕阳前的晚霞横过天际……

在土地翻松那一刻，我们已看见收成的景致呀！一个人有了柔软心也如是，仿佛闻到了《法华经》说的“花果同时”的芬芳！

不要指着月亮发誓

“我指着那把树梢涂了银色的圣洁的月亮发誓——”

“啊！不要！不要指着月亮发誓，月亮变化无常，每月有圆有缺，你的爱也会发生变化。”

“那我指着什么发誓呢？”

“根本不要发誓，如果你一定要发誓，就指着你那惹人心动的自身发誓好了，那是我崇拜的偶像，我会相信你的。”

这是莎士比亚戏剧里罗密欧与朱丽叶的一段对白，当罗密欧对着月亮起誓的时候，被朱丽叶制止了，因为在她的眼中，月有阴晴圆缺，一点儿也不可靠，反而“自身”比月亮还要可信任。后来罗密欧说：“你还没有说出你的爱情的忠诚誓言和我交换呢！”

“在你还没有要求的时候，我已经把我的誓言给你了。”朱丽叶动

爱与恨是同一本质的事情，人人都说罗密欧与朱丽叶是个悲剧，
但他们到死的那一刻都还相爱，因此他们不是最惨痛的悲剧，
从激情的爱转成激烈的恨的情侣才是最惨痛悲苦的。

情地说，“但是我想要的只是现在我所有的这点爱情。”

朱丽叶回家时，罗密欧看着她那美丽的背影，说：“我生怕这一切都是梦，太快活如意，怕不是真的。”

梁实秋先生过世了，我找出他翻译的《莎士比亚全集》重读，随意翻到《罗密欧与朱丽叶》，看到这一段颇有感触，尤其人到中年更感觉到“一切都是梦”了。

我从前读过几次这本书，并不是特别喜欢，正如剧中的劳伦斯修道士说的：“最甜的蜜固然本身是味美的，可是不免有一点腻，吃起来要倒胃口。”罗密欧与朱丽叶的爱就是这样，太甜腻了。我的情感观念比较接近劳伦斯说的：“所以要温和的爱，这样方得久远，太快和太慢，其结果都是一样迟缓。”

每个人在年轻时，多少有一点罗密欧与朱丽叶的激情，在梦与醒的边缘、在爱与恨的分际挣扎。爱的时候，不要说对自己、对月亮起誓了，甚至对着皇天后土、宇宙洪荒起誓，恨不能把自己切成一片片放在爱人面前来表明心迹；可是激烈的情爱也导致深刻的仇恨，很少人能在爱人离开时抱着宽容与感激的心情，大多数人都恨不得把负心人切成一片片来祭祀自己情感的伤痕。

这使我们明白：爱与恨是同一本质的事情，人人都说罗密欧与朱丽叶是个悲剧，但他们到死的那一刻都还相爱，因此他们不是最惨痛的悲剧，从激情的爱转成激烈的恨的情侣才是最惨痛悲苦的。在“风涛泪浪、交互激荡”的失恋人，想到从前指着月亮发誓的场面，每一次想到所受的折磨都仿佛是死过一回，从这个观点来说，罗密欧与朱丽叶算什么悲剧呢？简直就是值得羡慕的团圆了。

在莎士比亚的眼中，爱与恨有一条直通的捷径，也可以说爱和恨是相似的事物，他透过剧中的劳伦斯修道士说：

啊！草、木、矿石如果使用得当，都含有很多伟大的力量：世上没有东西是如此卑贱，以致对于世界毫无贡献，同时物无全美，如果使用不善，也会失去本性，惹出祸端；误用起来，善会变成恶，好好利用，有时恶亦有好结果。这朵小花的嫩苞含有毒性，也能用以治疗某种疾病：这花只要一嗅，香气贯通全身；口尝一下便能麻痹一个人的心。人与药草原是一样，内中有善有恶，互争雄长，恶的一面如果占了上风，死亡很快地要把那植物蛀空。

同时，在《罗密欧与朱丽叶》中也说明了爱与恨都不是永恒的事物，它终有结束之日。爱虽使人说出“你的眼睛比他们二十把剑还要厉害，你只要对我温柔，我不怕他们的敌意”；也让人感受到“一个情人可以跨上夏日空中飘荡的游丝而不会栽下来”；可是，莎士比亚也说“爱神的样子很温柔，行起事来却如此粗暴”“爱情是叹息引起的烟雾，散消之后便有火光在情人眼里暴露，一旦受阻，便是情人眼泪流成的海”。

看清爱与恨在人生中的实相，对我们坚定的步伐是有帮助的，被恨淹没的人是多么愚痴，但被爱蒙蔽的人不也是一样无知吗？如果我们能以清明的心来对待爱，并且以更超越的爱来宽恕失落的情意，才能让我们登高，看到人生中更高明的境界。

不要指着月亮发誓，因为月有阴晴圆缺，如果要发誓，请对着自己发誓——让我们真诚地对待人间的一切情爱吧！尽你的所能不去伤害对方，不伤害自己！让爱或恨都能升华，化成你生命中坚强的力量。

投给燃烧的感情

在这个逐渐理性、冷酷的世界，

人总是抑制着自己的情感，

像凡·高这样的艺术家已经越来越少。

记得很早以前，读过一位记者访问海明威的文章，那位记者问：“你觉得作为一个创作者的基本条件是什么？”

海明威的回答很妙，他说：“不愉快的童年！”

我真正站在凡·高的画前面时，这一段话像闪电一样涌进我的心头。凡·高去世到今天已经九十二年，可是他的生命仿佛有一股奇异的热火，每次想起来都叫人心情震颤，好像他生命的火一直在我们身上燃烧，从来没有熄过。

凡·高是艺术史上我最敬佩的艺术家，他印在画册上的画我几乎都会背了，因此一到海外，我在逛美术馆的时候，总要特别仔细地看他的画。他不安的流动的线条，正如海浪狂飙似的拍击着岩石，我想，即使有人如岩石一样冷漠刚硬，也要被它的大力侵蚀，尤其这海浪还带着贫苦、挣扎、永不止息奋斗的盐分。

几乎每一家规模较大的现代美术馆都收藏了凡·高的画作。我看他的画印象最深的有两次：一次是在纽约的大都会艺术博物馆，一次是在华盛顿的国家美术馆。

华盛顿国家美术馆的西馆一共有九十余间展览室，其中有两间展出凡·高的画。我先在展览二十世纪现代艺术的东馆走了一上午，下午从西馆的中世纪绘画开始看起，看了四十几间展览室，整个人几乎要累得瘫痪了，因为新穿的雪地靴不合脚，脚底都磨出水疱，我坐在美术馆的长椅上几乎不能动弹了。拿起介绍小册随便看看，没想到就在我坐的展览室隔壁便是印象派的展览室，我想到凡·高，身体内马上像通了电一般，生起一股渴望，去看看凡·高吧！

不久，我站在凡·高的画前凝思，深深感叹着。不知道是什么力量，使这个艺术家笔下的色彩在明亮的阳光下还那么不安地流动着，他画的原野像一片正涌动的大海，从很远的地方推来海浪；他画的树像地上冒出来的炽烈火焰，在大自然里燃烧；他的云、他的天、他的风、他的画笔都像在空中跳舞一样地波动着。这种有力的动感不是来自整幅画，而是每一笔、每一小块颜料都有无限的动的姿态，让我们感觉到流动在大

任何真正燃烧生命而发散出来的艺术，

必然都带有感人的因素。

地间博大的创造力。我不禁看得痴了，深深想起年少时在孤灯下看《凡·高传》时颤动的心情。

直到一个黑人管理员拍我的肩说："先生，时间到了，美术馆要打烊了。"我才从凡·高神秘的画境里苏醒过来，原来我已经在他的画前足足站了一个小时。我走出门外，华盛顿原来阳光普照的天气突然飘了一阵大雪，大地蒙上了一层光耀的银白，这一片银白的大地是多么沉静呀！可是在那最深的地方，伟大的心灵为大地所做的诠释仍在那里跳动。

另一次是在纽约的大都会艺术博物馆，这里有一个著名的"印象馆"，我选了一个人比较少的星期一，专门去看印象馆，印象馆的屋顶全是玻璃罩子，光线如倾盆般泼下来。

在印象馆，所有印象派时期的大师都在这里集合了，马奈、莫奈、雷诺阿、德加、塞尚、高更、罗德列克，无一不是闪射着光芒的巨星，当然怎么也不会没有凡·高这位十九世纪最伟大的荷兰画家。

印象馆是方形的，人站在中间可以向四边环顾，凡·高的画作展出的位置正好在高更和塞尚的中间。在那里有两幅画最令我感动。一是他著名的自画像，画家好像用生命的汁液注入自己的形象里，在一团火里燃烧；另一幅是向日葵，每一朵花都扭动着，好像费了很大的力气才开放出来，充满了生命的喜悦，又仿佛生在盆子里有无限的委屈。

静静地仔细地看完凡·高的画，我把自己的位置退到印象馆的中间，想要看看别人怎么欣赏凡·高的画，当他们看时会有什么表情。然后我发现一个有趣的现象，每个人走到他的画前停驻的时间总是最长，尤其是走到他的自画像前显得特别庄重而安静，就如同面对着真正的凡·高，听着他激动而热烈的言语。

我突然有一个怪异的想法，如果艺术家也可以投票，在印象馆里得票数最高的一定是凡·高。如果能投两位，那么一定是凡·高最高，高更第二。

这并没有什么深刻的理由，最重要的是，我们不是投给凡·高，而是投给燃烧的感情一票。任何真正燃烧生命而发散出来的艺术，必然都带有感人的因素。

其实，凡·高作画的时间不长，他真正作画只有十年的时间，他早年的志愿是文学家或宗教家（为矿区的人们布道）。十年的时间里他的每一幅画都像有噼噼啪啪的裂帛之声，他燃烧，并且剖开胸膛，让人们看见他火热的心。我们走进凡·高的世界，犹如一只饥饿的蜜蜂飞进了大多花朵已开放的园子，我们迷惑了，是什么力量让人达到这种情感无限的境界呢？

在这个逐渐理性、冷酷的世界，人总是抑制着自己的情感，像凡·高这样的艺术家已经越来越少，因此，如果有一个对艺术家投票的机会，我想我会和众人一样，投给燃烧的感情一票。

——一九八二年五月七日

心无片瓦

我很喜欢《楞严经》里的一个故事。

有一位月光童子，他在久远劫前曾经跟随水天佛修习水观，以进入正定三昧。

月光童子先观照自己身体中的水性，从涕泪唾液，一直到津液精血、大小便利，这些在身内循环往复的水，性质都是一样的。然后知道了身体内部的水性与世界内外所有的水分，甚至香水、大海等都没有差别。逐渐地，月光童子成就了水观，能使身水融化为一，但还没有达到无身空性的最高境界。有一天，月光童子在室内安禅，他的小弟子从窗外探视，只看见室中遍满清水，其他什么都没看见，小弟子不知道是师父坐禅，就拿了一片瓦砾丢到室内的清水里，扑通一声，以游戏的心情看了一会儿就离开了。

月光童子出定后，觉得心里很痛，他想道："我已经证得阿罗汉很久了，早说与病痛无缘，为什么今天忽然生出心痛这样的疾病，难道是我的修行退步了吗？"正在疑虑的时候，小弟子来看他，说出了刚刚看见满室清水丢入瓦砾的事。

月光童子听了，对弟子说："以后我入定的时候，如果你再看见满室清水，就立即开门走进清水中，除去瓦砾。"后来他入定的时候，弟子果然又看见水，那片瓦砾还清晰宛然留在水里，弟子走进去把瓦砾取出，丢掉了。月光童子出定后，感觉到身心泰然，身心恢复如初。

此后，月光童子跟随无数的佛学习，一直到遇见山海自在通王佛，才真正忘去身见，与十方界诸香水海，性合真空。无二无别。因此他认为修行水观法门，是求得圆满无上正觉的第一妙法。

这个故事出自《楞严经》卷五，原来是佛陀要二十五位修行得道的菩萨弟子报告自己修行的过程与方法，每一位都不相同，月光童子就是从水观而得到成就的。

月光童子的水观修行甚深微妙。我们是很难体会的，不过从凡人的角度来看，这故事给我们带来一些清新的启示，如同我们走到林下水边，面对着澄潭清水或湛蓝汪洋，大部分人都可以自然得到安静的心境，并且感觉到身心得到清洗，反之，如果我们走到污浊的水沟边，或看到垃圾在河中奔窜，必然也使我们觉得身心受到污染，这不仅是感受的问题，而且是我们身心中有水性，与外界水性的感应相交。

此外，我们也应该知道，自己和外界的关系十分密切，一个人如果有身体，即使他是修行很高的人，也容易受到隔空飞来的瓦片的伤害，因为自己虽能心无片瓦，这世界还是到处都飞动着瓦砾。当被瓦砾击中的时候，最好的方法就是立即开门把它取出。

明白了这个道理，就知道我们由于无知抛掷给别人的瓦片，或者只是毫无目的的游戏，都会造成别人，乃至整个世界的伤害，而这世界的水性一气流通。别人所受的伤害，正是我们自己受到的伤害呀！

法性像清水一样，其实不难领会，在佛经里有许多开示，我们抄录几段来看：“天下人心，如流水中有草木，各自流行，不相顾望，前者亦不顾后，后者亦不顾前，草木流行，各自如故。人心亦如是，一念来，一念去，亦如草木前后不相顾望。”（《忠心经》）“根清净故，色尘清净；色清净故，声尘清净；香、味、触法，亦复如是。善男子！六尘清净故，地大清净；地清净故，水大清净；火大，风大，亦复如是。”（《圆觉经》）“佛平等说，如一味雨，随众生性，所受不同。如彼草木，所禀各异。”（《法华经》）

说得最简明的是《无量义经》说法品中的一段：“善男子！法譬如水，能洗垢秽。若井若池，若江若河，溪渠大海。皆悉能洗诸有垢秽。其法水者，亦复如是，能洗从生诸烦恼垢，善男子！水性是一，江河井池，溪渠大海。各各别异。其法性者，亦复如是，洗除尘劳，等无差别。三法四果二道不一。”

知道菩提心水，就了解自己的心清明是多么重要，对那些流过的草木就不要再顾惜了！对那些埋藏在我们心中的瓦砾就赶快取出吧！对那些被尘劳所封冻的身心赶快清洗吧！

自己虽能心无片瓦，这世界还是到处都飞动着瓦砾。

当被瓦砾击中的时候，最好的方法就是立即开门把它取出。

佛陀在《百喻经》中说过一个故事，有一个人渡海时掉了一个银器，他就在海水上做记号，希望以后再取，经过两个月，他到了别国，看到一条大河，水的性质与海水无异，他就跑到河边去找他从前所画的记号，看到的人就问他原因，他说："我两个月前在海上掉了银器，曾画水作记，本来所画的水和这里的水无异，所以来这里找。"大家就笑他："水虽无别，但你是在那里丢的，在这里怎么找得到呢？"

人生不也是如此吗？留在我们记忆中的艰辛苦厄，我们烛火被吹灭的冷寂，我们芦苇被压伤的惨痛，我们舟船迷失时的恐慌，我们情爱与热诚被践踏、被蹂躏、被背离、被折断的锥心刺骨，不都是落在海中的银器吗？现在我们到另外的国度，有另外的水，又何必让水上的记号来折磨我们！在清净心水里，瓦砾与银器也是一样的东西呀！

第四辑

以柔软心除挂碍

如果只能许三个愿望：

一是成为好作家，写出生命中美好的情景；

二是离开小小的故乡，去探访远大的世界；

三是找到一位身、心、灵完全相契的伴侣，过着幸福快乐的日子。

寻找幸运草

在弟弟乡下的花园，酢浆草花开得正盛。小小的紫花像泼墨，渲染在高大的红玫瑰丛下，有一点像紫色的流云。

我忍不住蹲下来欣赏，挺直而花瓣分明的玫瑰显得优雅而庄严，所以人们把它用来作为献给爱情的花。柔软而花枝抽象的酢浆草花是那么自在而随兴，所以它不是为奉献而存在，是给细腻的人印心的。

正在出神的时候，弟弟两个可爱的孩子跑来依偎着我，问我说："阿伯，你在找什么？"

我揽着两个孩子说："阿伯正在寻找幸运草。"

"什么是幸运草呢？"

我拔起一株连根的酢浆草，教孩子仔细看，我说："你们看，这酢浆草的叶子是三片的，传说如果找到一株四个叶片的酢浆草，叫作'幸运草’，那时就会很幸运，愿望就会成真噢。”

“哇！太棒了，我们也要找幸运草。”

两个孩子很快地钻入花丛中，在玫瑰花与红合欢下搜寻。

孩子们热切的举动，使我莞尔。想到我第一次听到“幸运草”的传说，也是在八九岁的年纪。从那个时候起，我只要看到酢浆草，就会忍不住蹲下来，看看能不能找到幸运草，以使我的愿望实现。

一直到我长大了，还改不了寻找幸运草的习惯。有一天，我在一条河岸边找累了，躺在护岸上看着天空，才猛然想到：“我的愿望是什么呢？万一找到幸运草，我怎样许愿呢？”

当时我是一个少年，愿望非常单纯，像童话一样。如果只能许三个愿望：一是成为好作家，写出生命中美好的情景；二是离开小小的故乡，去探访远大的世界；三是找到一位身、心、灵完全相契的伴侣，过着幸福快乐的日子。

可惜，我一直没有找到幸运草，因此愿望一直没能得以许下。虽然我也写作，企图去触及更美好的情景；我也离开了故乡，带着很深的思念；慢慢地，我也发现了，在广辽的人间，要找到身、心、灵完全相契的人，是多么渺茫，就好像在草原的酢浆草中找到一株幸运草。

我从来没有找到过幸运草，那株幸运草就更深地埋入了我的心里。

“阿伯！”两个满头大汗的孩子把我从冥想中唤出来，“整个花园，都找不到幸运草。”他们的脸上露出失望的表情。

“没关系的，阿伯从小到大都在找，也没有找到过幸运草呢！说不

一直到我长大了，还改不了寻找幸运草的习惯。

有一天，我在一条河岸边找累了，躺在护岸上看着天空，

才猛然想到：“我的愿望是什么呢？万一找到幸运草，我怎样许愿呢？”

定有一天你们会找到。”我安慰孩子们，接着说，“阿伯给你们比幸运草更棒的东西。”

“是什么？”

我从口袋里掏出两个硬币，一人赏一个：“是不是比幸运草更棒？”孩子们开心地笑了，欢天喜地地走了。

这世间，真的有人找到过幸运草吗？到了中年我越来越生起疑情，但那疑情也日渐明晰了起来。

也许，“世上根本没有幸运草”——这是疑情的部分。

也许，“幸运草根本不在草里”——这是日渐明晰的部分。

幸运草多出来的一片，确实不在草里，而在我们的心中。只要我们的心够宽广坚持，只要我们的情够细腻温柔，只要我们的爱够深刻美好，只要我们一直保有喜悦自由的生命姿势，我们的心就会长出一株美丽的、宛然四个叶片的幸运草。

当我们的心比一般人多了一片，在平凡的酢浆草叶中，必然也会观见幸运草的实相。

相契的草一旦宛然，相契的人不也宛然了吗？

花季与花祭

住在阳明山期间，在春天将尽的时候，有人问我：“今年怎么没有上山去看花？花季已经结束了，仅剩一些残花呢！”言下之意有些惋惜之情。

往年的春天，我总会有一两次到阳明山去，或者是去看花，或者是去朋友家喝刚出炉的春茶，或者到白云山庄去饮沁人的兰花茶，或者到永明寺的庭院中去冥想，或者到妙德兰若去俯视台北被浓烟灰云密蔽的万丈红尘。

当然，在花季里，主要的是看花了。每当在春和景明看到郁郁黄花、青青翠竹，洗过如蒸汽洗涤的温泉水，再回到黄尘滚滚的城市，就会有一种深刻的感叹，仿佛花季是浊世的界限，只要不小心就要沦入江湖了。

看完阳明山的花，那样繁盛、那样无忌、那样丰美，正是在人世灰黑的图画中抹过一道七彩霓虹，让我们下山之时，觉得尘世的烦琐与苦厄也能安忍地度过了。

阳明山每年的花季，对许多人来说是一场朝圣之旅，不只向外歌颂大化之美，也是在向内寻找逐渐湮没的心灵圣殿，企图拨开迷雾，看自己内心那朵枯萎的花朵。花季的赶集因此成形，是以外在之花勾起心灵之花，以阳春的喜悦来抚慰生活的苦恼，以七彩的色泽来弥补灰白的人生。

每年的花季，我就带着这样的心情上山，深感人世每年花季，都是一种应该珍惜的奢侈，因而就珍爱着每一朵盛开或将开的花，走在山林间，步子就格外轻盈。呀！一年之中若是没有一些纯然看花的日子，生命就会失落自然送给我们的珍贵的礼物。

可叹的是，二十年来看花的人。年年在增加，车子塞住了，在花季上山甚至成了艰难困苦的事情。好不容易颠簸上了山，人比花多，人的声音比鸟的声音更显喧闹，有时几乎在怀疑是否在忠孝东路。恶声恶气的计程车司机，来回阻拦的小贩，围在公园里唱卡拉 OK 的青年，满地的铝罐……都会使游春赏花的心情霎时黯淡。

更令人吃惊的是，有时花赏到了一半，突然冒出一棵树枝尽被摘去，只余树顶两三株残花的枯树。我一直苦思那花枝的下落而不可得，有一次在夜市里看人卖梅花才知道，大枝五十元，小枝三十元，卖的人信誓旦旦地说是阳明山上的花。

心情的失去，也使我失去了今年赏花的兴趣。

花是生前的蝶，蝶是生前的花，它们相约在春天，

一起寻访生命的记忆。

住在山上的朋友则最怕花季。每年的花季，上班与回家便成为人生的痛苦折磨，他说："下了山，就怕回家，回了家就不敢出来了。真是痛恨花季呀！"因为花季，使住在花园里的人不敢回家；因为花季，使真正爱花的人不敢上山赏花；因为花季，纯美的花成为庸俗人的庸俗祭品，真是可哀！

我想到，今年也差不多是花季的时候，我到美浓的"黄翠蝶谷"去看黄蝶，盘桓终日，竟连最小的黄蝶也没有看见，只看到路边卖烤小鸟和香肠的小贩，甚至也有卖野生动物和蝴蝶标本的。翠谷里，则是满谷的人在捉鱼、捞虾、烤肉……翠谷不再翠绿了，黄蝶已经渺茫了，只留下一个令人感叹的无限悲哀的名字——"黄翠蝶谷"。

陪我同去的人告诉我，这翠谷即将建成水库，水库一建，更不可能有黄蝶了，附近美丽的双溪公园和广大的南洋杉都会被淹没，来这里的人多少是抱着一种朝圣的心情，好像寺庙将拆，大伙儿相约来烧最后一炷晚香。

我的晚香就是我的悲凉的心情。我用无奈的火苗点燃叫作惋惜、遗憾、心痛的三炷晚香，匆匆插在溪谷之中，预先悼念黄蝶的消失，就默默离开了。

花是生前的蝶，蝶是生前的花，它们相约在春天，一起寻访生命的记忆。

蝶与花看起来是多么相似，一只蝶专注地吸食花蜜时，比花更艳静得像花；一朵花在风中摇动时，比蝶更翻飞得像蝶。因此，阳明山的花季和美浓溪谷的黄蝶，引起我的感伤也十分近似。

蝶的诞生、花的开放，其实是一种最好的示现，示现了人生的美丽的确短暂，在我们生命中一切的美丽真的只是一瞥。一眨眼间，黄蝶飘零，春花萎落，这是人生的无常，也是宇宙的无常。

花季正是花祭，蝶生旋即蝶灭，只是赏花看蝶的人很少做这样的深思，因此很少人是庄子。

失去了蝶的溪谷还有生机吗？

落了花的山林是不是一样美丽呢？

在如流云的人生，在如露如电的生活，偶然的一瞥是不是惊动我们的心灵呢？

我们不能深思，不能观照，因而在寻花、觅蝶的过程中，心总是霸道的。我们既不怜香，也不惜蝶，只是在人生中匆匆赶集，走着无明刚强的道路。蝶飞走的时候，再也没有人去溪谷；花凋零的时候，再也无人上山了。

好不容易花季终于过去了，梅雨季节就要来临，我决定找一个清晨到阳明山去。

“过两天我上山去看花祭。”我对朋友说。

“可是，花季已经结束了啊！”朋友说。

我说：“花祭，是祭奠的祭，不是季节的季。”

“喔！喔！”

心里常有花季的人，什么时候都是很好看的，即使花都谢了，也有可观之处。

心里常有彩蝶的人，任何时候都是充满了颜色，有飞翔之姿。

“花都谢了，还有什么可看的呢？”朋友疑惑地说。

“看无常啊！”

无常，才是花开花谢、蝶生蝶灭最惊人的预示！

无常，才是人世、山林、浊世、净土中最真实的风景。

立刻完成的灵药

从前有一个国王，他的性子很急，对任何事情都不愿意等待。由于他位高权重，几乎所有的事情都能达成愿望。

有一天，王后生了一个女儿，整日整夜地啼哭，使国王感到心烦。他看着因哭泣而脸皱成一团的公主，心里想着："如果我的公主能立刻长大就好了，我就可以看见她亭亭玉立的样子。"

虽然在理智上他知道没有人能立刻长大，但是在情感上却非常着急，一想到要看到美丽的女儿还要经过那么漫长的时间，他更是急得难以安寝。

国王心里想："以我的权势和财富，加上国中人才济济，难道真的找不到使公主立刻长大的方法吗？如果连这样的方法都找不到，我做国王还有什么意思？养一群大臣又有何用呢？"

他一想到这里，就立刻下令，召集所有的大臣到宫里来，当众宣布："各位都是处理国中大事的智者，我很希望各位帮我想一个方法，让初生的公主立刻长大，不知道哪一位可以想出方法？"

大臣们面面相觑，不敢相信自己的耳朵，只好据实以告："大王！我们虽然处理过许多国家大事，却从来没有听过能使婴儿立刻长大的方法呀！"

国王听了非常生气："都是一群饭桶，以我们全国的力量，难道找不到一个使孩子立刻长大的方法吗？连这小小的方法都不知道，还能处理什么重大的国事呢？限你们今天晚上就给我想出一个让婴儿立刻长大的方法，否则不准走出皇宫一步。"

大臣们个个吓得面色如土、噤若寒蝉，一句话也不敢说。其中一位年长的大臣站出来讲："大王！在我国有一位最高明的医生，说不定他有立刻长大的灵药。"

国王立刻派人把名医请来，问道："你是我国医术最高明的医生，不知你有没有使公主立刻长大的灵药？"

"大王，这……"名医陷入了沉思。

国王着急地说："只要你能使公主立刻长大，有任何困难，你尽管说！"

"大王！使公主立刻长大并没有什么困难。我知道在遥远的东方有这样的灵药，只要给公主服用，公主立刻就会长大。只是往返费时，要走很久的时间才会抵达。"名医平和地说。

我们的人生不是问答题，有时问不在答里，有时答不在问里；

有的问题没有答案，有的答案远在问题之外。

国王一听，眼睛发亮，急切地问：“那么，要走多久的时间呢？”

名医说：“至少要十二年的时间，而且那种灵药要新鲜的时候吃才有效，所以我一定要带公主前往，摘下来立刻给公主服用，公主就会立刻长大了。”

国王欣喜若狂：“太好了！太好了！只要能让公主立刻长大，就算采灵药需要走十二年的时间也是值得的。”

于是名医把公主带走了。

从此，国王每天都在担心，不知道十二年后公主有没有吃到遥远东方的那种灵药。有一天正在担心时，忽然听到禀报：公主和名医回来了。

当名医走进来的时候，身边跟着青春美丽、亭亭玉立的公主，国王看了欢喜不已：公主真的吃到立刻长大的灵药了。

他立刻召集群臣，公开宣布：“这果然是我国第一名医，既知道灵药在哪儿，又千里迢迢带公主去吃灵药，公主确实是立刻长大了。名医真是名不虚传！”

在我年少的时候，也曾经像国王一样，希望这个世界有一种万灵丹，让我们选择人生里自己喜欢的部分。

我曾经梦想，吃了一颗万灵丹，一觉醒来，已经度过了烦人的升学与考试，从最好的大学毕业。

也曾经梦想，不必经过长途的追寻、饱受情爱的挫折，吃了一颗万灵丹，睁开眼睛，已经有了这个世界上最相知相契的伴侣。

更曾经梦想，远离一切成长的痛苦，远离一切努力的奋斗，远离一切悲伤的眼泪，当我服了那立刻完成的灵药，人生已经美满，从此过着幸福快乐的日子。

很可惜这个世界上没有这样的灵药，于是，在短暂的梦想之后，我依然坐在孤灯下读书写作。在情感的追寻中，我默默承受被抛弃与背叛的痛苦。在生命成长的过程里，我也常常流下悲伤的眼泪。

经过编织美梦的少年时代，我逐渐知悉了生命并没有结局，每一个结局只是一个新过程的开始罢了，美好的过程可能带来惨痛的结局，痛苦的过程也可能带来幸福的结局。当然，过程平顺而结局圆满，是最理想的，但一时圆满不代表永远美满，只是走向一个新的起点。

我们的人生不是问答题，有时问不在答里，有时答不在问里；有的问题没有答案，有的答案远在问题之外。

我们的情感不是是非题，没有绝对的是非，因为每一个情感都是不相同、不能类比的；每一段情感都是对错交缠的，在失败的情感中，没有赢家。

可叹的是，这些对过程更深刻的认识，对人生更深刻的思维，都是到饱经挫折的中年才慢慢厘清的。

在我生命最困苦的时刻，也曾寻找过万灵丹，向天求告“请给我一帖灵药吧”！我曾乞灵于宗教，探寻生命的终极安顿之方；也曾炼丹于文艺，追求情爱的平息烦恼之法。

经过了差不多十年，我才发现“灵药并不在远方”，也就是正视每一个眼前的生活历程，努力地活在当下，对这一阶段的人生与情感用心珍惜。

由于对眼前、对当下的珍惜用心，才能不怨恨过去，不怀忧未来。才能在每一个过程当中努力承担，以最大的心意来生活。

在人生的历程，我不着急，我不急着看见每一回的结局，我只要在每一个过程中，慢慢地长大。

在被造谣时，我不着急，因为我有自知之明。

在被误解时，我不着急，因为我有自觉之道。

在被毁谤时，我不着急，因为我有自爱之方。

在被打击时，我不着急，因为我有自愈之法。

那是因为我深深地相信：生命的一切成长，都需要时间。

在人生的历程，我不着急，我不急着看见每一回的结局，

我只要在每一个过程中，慢慢地长大。

无风絮自飞

在我们家乡有一句话，叫“菜瓜藤、肉豆须，分不清”，意思是丝瓜的藤蔓与肉豆的茎须一旦纠缠在一起，是无法分辨的。

因此，像兄弟分家产的时候，夫妻离婚的时候，有许多细节部分是无法处理的，老一辈的人就会说：“菜瓜藤与肉豆须，分不清呀！”还有，当一个人有很多亲戚朋友，社会关系异常复杂的时候，也可以用这一句来形容。以及一个人在过程中纠缠不清，甚至看不清结局之际，也可以用这一句来形容。

住在都市的人很难理解这九个字的奥妙，因为他们没有机会看到丝瓜与肉豆藤须缠绵的样子。乡下人谈到人事难以厘清的真实情境，一提到这句话都会不禁莞尔，因为丝瓜与肉豆在乡间是最平凡的植物，几乎家家都有种植。我幼年时代，院子的棚架下就种了许多丝瓜和肉豆，

一个人只要站稳脚跟，努力地向上生长，有时不免和别人纠缠，

又有什么要紧呢？不忘记自己的立场与尊严，最后就会结出果实来，

当果实结成的时刻，一切的纠缠就不重要了。

看到它们纠结错综，常常会令我惊异，真的是肉眼难辨，现在回想起来，感觉到现代人复杂难以厘清的人际关系，确实像这两种植物藤蔓的纠缠，想找到丝瓜与肉豆的根与果是不难的，但要在生长的过程分辨就非常困难了。

有一次我发了笨心，想要彻底地分辨两者的不同，却把丝瓜和肉豆的茎叶都扯断了。父亲看见了觉得很好笑，就对我说："即使你能分辨这两株植物又有什么意义呢？你只要在它们的根部浇水施肥，好好地照顾它们长大，等到丝瓜和肉豆长出来，摘下来吃就好了。丝瓜和肉豆都是种来食用的，不是种来分辨的呀！"

父亲的话给我很好的启示，在人生一切关系的对应上也是如此，一个人只要站稳脚跟，努力地向上生长，有时不免和别人纠缠，又有什么要紧呢？不忘记自己的立场与尊严，最后就会结出果实来，当果实结成的时刻，一切的纠缠就不重要了。

另外一个启示就是自然，万事万物都有其自然的法则，依循着自然的发展，常常回头看看自己的脚跟，才是生命成长正常的态度。种什么样的因会结出什么样的果，是必然的，丝瓜藤虽与肉豆茎无法分辨，但丝瓜是丝瓜，肉豆是肉豆，这是永远不会变的，我们能做的就是让丝瓜长出好的丝瓜，让肉豆结出肥硕的肉豆！

丝瓜是依自然之序而生长结果，红花是这样红的，绿叶也是这样绿的，没有人能断绝自然而超越自然地活在世界，所以禅师说"不雨花犹落，无风絮自飞"，花与絮的飞落不必因为风雨，而是它已进入

“不雨花犹落，无风絮自飞”，花与絮的飞落不必因为风雨，而是它已进入了生命的时序。

了生命的时序。

日本的道元禅师到中国习禅归国后，许多人问他学到了什么，他说："我已真正领悟到眼睛是横着长、鼻子是竖着长的道理，所以我空着手回来的。"

听到的人无不大笑，但是立刻他们的笑声都冻结了，因为他们之中没有人知道为何鼻子竖着长而眼睛横着长，这使我们知道，禅心就是自然之心，没有经过人生的庄严历练，是无法领会其中真谛的呀！

呼山不来去就山

台北一些重要的道路改成单行道以后，搭计程车就变成一件麻烦的事，特别是在交通高峰时间。

有一次黄昏的时候，我要在光复南路搭计程车，等半天也没有空车的影子，又下起雨来，于是步行到忠孝东路口，发现在我的前面几乎每隔十步就有人停在街边招手。“往前走一点，说不定比较容易叫车。”我这样想，然后开始在雨中步行，一走就走了几百米，发现整条忠孝东路都是等计程车的人。

然后，我从敦化南路转往仁爱路，心想仁爱路是单行道，应该容易叫到车，又在仁爱路上走了数百米。如果是平常，我会停止叫车，找一家气氛好的咖啡店坐下来喝咖啡，等雨停了，人潮散了再走，那一天却有些心急，因为家里有客人要来。

眼看着在右边叫车无望，我就转到对面去，心里有一个这样的念头：“说不定有人在左边下车。”才站了一会儿，果然有一辆计程车停下来，赶紧坐上去，一边为自己的幸运高兴，一边也想到了人在环境中变化的适应。

在雨中奔驰的计程车里，我想到穆罕默德的一个故事。

有一天，穆罕默德向群众宣布，某年某月某一天他将站在城外，把城外那座山移近一点。群众听了立刻哗然，并且奔走相告穆罕默德将显现奇迹的事。

果然，到了约定那一天的清晨，城外已经聚集了水泄不通的人潮，大家都屏息以待，等着目睹神迹。穆罕默德终于在大家的期待中出现了。他仰天站着，沉默，深呼吸，然后大声地对那座山喊叫：“喂！大山！到这里来！”空中回荡着穆罕默德的声音，但是，山一点也没有动。穆罕默德再度沉默，深呼吸：“喂！大山！到这里来！”山依然没有移动的迹象，群众大感意外，莫不是神迹失灵了？穆罕默德再度提起大嗓门：“喂！大山呀！到这里来！”

山兀自屹立，群众哗然议论莫不是眼前这位我们尊敬的人是个骗子？或者他太不自量力了，移动一个杯子还可能，移动一座山可能超过他的神力了。

正在议论纷纷的时候，穆罕默德转过身来面对群众说：“各位乡亲父老，兄弟姐妹！你们都看到了，我连续向那座山喊了三次，可是山还是不动，既然它不肯动，除了我向那座山走去，还有什么办法呢？”

于是，穆罕默德抬头挺胸、气定神闲，从从容容地走向那座山，群众愕然而惊叹！

是呀！在生活中我们会遇到许多山一样的事情，有的人想移山，但移不动，自己也不肯改变姿势，反而与山对峙。小如叫计程车也一样，这边叫不到，到那边去叫，如果执意站着不动，当所有人都回到家，我们还站在落雨的街头跺脚生气、自怨自艾呢！

山不动有什么关系？我们走过去不也一样吗？就在我们抬脚往山那一边走的时候，每走一步，山就向我们移动了一步。

山不动有什么关系？我们走过去不也一样吗？
就在我们抬脚往山那一边走的时候，
每走一步，山就向我们移动了一步。

买了半山百合

在市场里，有个宜兰人，每隔几天来卖菜。

这个宜兰人像魔法师一样，长得滑稽而神气，他的菜篮里每次都会有几把野花。像鸡冠花、小菊花、圆仔花、大理花之类的。他告诉我，他在家附近采到什么花，就卖什么花。

他卖菜与一般菜贩无异，但卖花却有个性，不论大把小把，总是卖五十元，所以买的人有时觉得很便宜，有时觉得很贵。他不在乎，也不减价，理由是："卖菜是主业，要照一般的行情；卖花是副业，我想怎么卖就怎么卖呀！爽就好！"

他卖花爱卖不卖的，加上采来的花比不上花店的花好看，有的极瘦小，有的被虫吃过，所以生意不佳，可奇怪的是，他宁可不卖，也不折价。有时候他的花好，我就全买了（不过才三四把），所以他常对我说：

“老板，你这个人阿莎力（闽南语，指干脆、爽快），我真甲意（闽南语，指喜欢）。”有时候花真的不好，我不买，他会兜起一把花追上来：“嘿！送你啦！我这个人也阿莎力。”

久了以后，相熟了，我就叫他“阿莎力”，他颇乐，远远看到我就笑嘻嘻的，好像迪士尼卡通片《石中剑》里那个魔法师一样。

每年野姜花或百合花盛开的时候，阿莎力最开心，因为他的生意特别好。百合与野姜洁白、芬芳，都是讨人喜欢的花，又不畏虫害，即使是野生的也开得很美。那时，百合花就不止卖三四把了，他每天带来一大桶，清早就被抢光。他说，卖一桶花赚的钱胜过卖两担菜。“台北人也真是的，白菜一斤才卖二十块，又要杀价，又要讨葱，一束花五十块，也不杀价，一次买好几把，怕买不到似的。”然后他消遣我，“老板，你是台北人呀！还好你买菜不杀价，也不讨葱。”

今天路过阿莎力的摊子，看到有几束百合，比从前卖的百合瘦小，株条也不挺直，我说：“阿莎力，你今天的百合怎么只有这些？”

“全卖给你好了，这是今年最后的野百合了，我把半座山的百合全摘来了。”

“半座山的百合？”“是呀！百合的季节已经过了，我走了半个山只摘到这些，以后没有百合卖了。”

“半座山的百合，那剩下的半座山呢？”

“剩下的半座山是悬崖呀，老板！”阿莎力苦笑着说。

想到这是今年最后的百合，我就把他所有的百合全买下来了，总共才花了三百元。回家的路上，我想，三百元就买下半座山的百合，十分不可思议。

我把百合插在花瓶里，晚上的时候，一个人静静地看那纯白的盛放的花朵。百合的喇叭形状仿佛在吹奏音乐一样，野百合的芳香最盛，特别是夜里心情沉静的时候。香气随着音乐在屋里流淌。

在山里的花，我最喜欢的就是百合了。从前家住山上，有四种花是遍地蔓生的，除了百合，还有野姜花、月桃花、牵牛花。野姜花的香气太浓，月桃花没有香气，牵牛花则朝开暮谢，过于软弱，只有百合是色香俱足，而且在大风的野地里也不会被摧折，花期又长。

从前的乡下人不时兴插花，因为光是吃饱都艰难，谁会想到插一瓶花呢？但不插花不表示不爱花，每当野花盛开的时节，我们时常跑到山坡上去寻找野花的踪迹。有些山坡开满了百合花，我们就会躺在百合花的白与白之间。山风使整个田园都有着清凉的香气。感觉我们的心也像百合一般白了，并用白喇叭吹奏着高扬的音乐。然后想到“山上的百合也不纺纱，也不织布，但所罗门王皇冠上的宝石也比不上它”的句子，我们就不禁有陶醉之感了。

近年来，野百合好像也很少了，可能是山坡地被开垦的缘故。只有几次到东部去，我在东澳、南澳、兰屿见到过野百合遍地开的情景。自从流行插花，百合花就可以卖钱，野生的百合在未开之前便被齐根剪断，带到市场来卖。

插在瓶里的野百合花，虽然也像长在坡地上一样美、一样香，感受却大有不同。屋里的百合再怎么美，也没有野地风中那样的昂扬，失去了那种生机盎然的姿势，好像……好像开得没有那么“阿莎力”了。

进口种植的百合花有各种颜色，黄的、红的、橙的，香气甚至比野生的更胜，但可能是童年印象的缘故，我总觉得百合花都应该是白色的，花形则最好是瘦瘦的、长长的。可是那土生土长的、有灵醒之白的百合，恐怕得到另外半山的悬崖峭壁去看了。

此时的野百合花期已过，剩下的都是温室种植的百合了，这样一想，眼前这一盆百合使我生起一种深切的感怀。它是在预告一个春天的结束，用它的白来告白，用它的香来宣示，用它的形状来吹奏，我们在山坡地那无忧的生活也随百合的记忆流得远了。

夜里，坐在百合花前。香气弥漫，在屋里随风流转。想到半山的百合花都在我的屋子里，虽然开心，内心里还是有一种幽微的疼惜。

呀，不管怎么样，野百合还是开在山里好，野百合，还是开在山里的好呀！

第五辑

以从容心品百味

生命的过程原本平淡无奇，

情感的追寻则波涛万险，

如何在平淡无奇、波涛万险中酿出一滴滴花蜜，

还能与人分享，还能流传，才算不枉此生。

一杯蜜是炼过几只蜂的

住处附近，有一家卖野蜂蜜的小店，夏日里我常到那里饮蜜茶，常觉在炎炎夏日喝一杯冰镇蜜茶，甘凉沁脾，是人生一乐。

今年我路过小店，冬蜜已经上市，喝了一杯蜜茶，付钱的时候才知道涨了一倍有余，我说："怎么这样贵，比去年涨了一倍？"照顾店面的眉目清秀的初中小女生，讲得一口流利的普通话，马上应答道："不贵，不贵，一杯蜜是炼过几只蜂的。"

这句话令我大惑不解，惊问其故。小女生说："蜜蜂酿一滴蜜，要飞很远的地方，要采过很多花，有时候采蜜，要飞遍一整座山头哩！还有，飞得那么远，说不定会迷路，说不定给小孩子捉了，说不定飞得疲倦，累死了。"听了这一番话，我欣然付钱，离开小店。

走回家的路上，我一直想着那位可爱的小女孩说的话，一任想象力奔飞，也许真是这样的，一杯在我们手中看起来不怎么样的蜜茶，是许多蜜蜂历经千辛万苦才采集得来，我们一口饮尽一杯蜜茶，正如饮下了几只蜜蜂的精魂。蜜蜂是一种奇怪的动物，它飞来飞去，历遍整座山头、整个草原，搜集了花的精华，一丝一丝酝酿，很可能一只蜜蜂的一生只能酿成一杯我们喝一口的蜜茶吧！

几年前，我居住在高雄县大岗山的佛寺里读书，山下就有许多养蜂人家，经常的寻访使我对蜜蜂这种微小精致的动物有了一点认识。养蜂的人经常上山采集蜂巢，他们在蜂巢中找到体形较大的蜂王，把它装在竹筒中，霎时，一巢嗡嗡嘤嘤的蜜蜂都变得温驯听话了，跟在手执蜂王的养蜂人后面飞，一直飞至蜂箱里安居。

蜜蜂的这种行为是让人吃惊的，对于蜂王，它们是如此专情，在一旁护卫，假若蜂王死了，它们就一哄而散，连养蜂人都不得不佩服，但是养蜂人却利用了蜜蜂专情的弱点，驱使它们一生奔走去采花蜜——专情的人恐怕也有这样的弱点，任人驱使而不自知。

但是蜜蜂也不是绝对温驯的，外敌来犯，它们会群起而攻，毫不留情，问题是，每一只蜜蜂的腹里只有一根螫针，那是它们生命的根本，一旦动用那根螫针攻击了敌人，它们的生命很快也就完结了。用不用螫针于蜜蜂是没有选择的，它明知会死，也要攻击——有时，人也要面临这样的局面，选择生命而畏缩的人往往失败，宁螫而死的往往成功，因为人是有许多螫针的。

养蜂的人告诉我，蜜蜂有时也是有侵略性的，当所有的花蜜都采光的时候，急须蜂蜜来哺育的蜜蜂就会倾巢而出，到别的蜂巢去抢蜜，这时就会发生一场激烈的战斗，直到尸横遍野才分出胜负——人何尝不是如此，仓廪实才知荣辱，衣食足才知礼仪。

为了应付无蜜的状况，养蜂人只好欺骗蜜蜂，用糖水来养蜜蜂，让它们吃了糖水来酿蜜，用来供应爱吃蜜的人们——再精明的蜜蜂都会上当，就像再聪明的人也会上当一样。蜜蜂是有社会性的群居动物，在某些德性上和人是很接近的，但是不管如何，蜜蜂是可爱的，它们为了找花中甘液，万苦不辞，里面确实有一些艺术的境界。在汲汲营营的世界里，究竟有多少人能为了追求甘美的人生理想而永不放弃呢？

旧时读过一则传说，其中有些精神与蜜蜂相似，那是记载在《辍耕录》里的传说："回回田地有年七十八岁老人，自愿舍身济众者，绝不饮食，惟澡身啖蜜，经月，便溺皆蜜。既死，国人殓以石棺，仍满用蜜浸，镌志岁月于棺盖，瘗之。俟百年后，启封，则蜜剂也，凡人损折肢体，服少许，立愈，虽彼中亦不多得，俗曰蜜人，番言木乃伊。"这个蜜人的传说不一定可信，但是一个人的牺牲在百年之后还能济助众人，可贵的不在他的尸体化成一帖蜜剂，而是他的精神借着蜜流传了下来。

蜜蜂虽不澡身，但是它每天啖蜜，让人们在夏季还能享受甘凉香醇的蜜茶，在啖蜜的过程中，有许多蜜蜂要死去，未死的蜜蜂也要经过许多生命的熬炼，熬呀熬的才炼出一杯蜜茶，光是这样想，就够浪漫，够令人心动了。

在实际人生中也是如此，生命的过程原是平淡无奇，情感的追寻则是波涛万险，在平淡无奇、波涛万险中酿出一滴滴的花蜜，这花蜜还能让人分享，还能流传，才算不枉此生。虽然炼蜜的过程一定是痛苦的，一定要飞过高山平野，一定要在好大的花中采好少的蜜，或许会疲累，或许会死亡。

可是痛苦算什么呢？每一杯蜂蜜都是炼过几只蜂的。

住处附近，有一家卖野蜂蜜的小店，夏日里我常到那里饮蜜茶，常觉在炎炎夏日喝一杯冰镇蜜茶，甘凉沁脾，是人生一乐。

软枝杨桃

在乡下的荒地看到两棵野生的杨桃树，是很好的软枝品种。

杨桃树也没有辜负它的好品种，结满了累累的果实，树枝因太重的负担，低垂着头。黄熟的杨桃落了一地，遍地都是金黄，蜜蜂与果蝇在杨桃树下飞舞。

这两棵野生杨桃树的盛产使我吃惊，因为既不使用农药，也不使用肥料，杨桃树竟可以如此高大，长出如此多的果实。更使我吃惊的是，这么美好的杨桃，竟然没有人采收，也没有人愿意吃，任其凋落一地。

是不是这杨桃不好吃呢，为何没有人吃?

当我站在杨桃树下一看，就懂了。

由于未使用肥料，结的杨桃比一般的杨桃瘦小，不像市场里那些硕大的杨桃。

由于未使用农药，杨桃的表面多少有虫鸟咬吃的痕迹，几乎没有一个是完整的。

现代人吃惯了以肥料培育、用农药保护的水果，对这貌不起眼、有一点瑕疵的水果，当然不屑一顾了。

我想起一位种水果的明堂表哥，他曾对我说："我们人自以为聪明，其实比鸟雀还笨，甚至比虫还笨。那些没有喷农药的水果，外表虽然丑一点，虫鸟都爱吃；那些喷了农药的水果，外表虽美，虫鸟都不会吃，知道吃了也不健康。人只注意外表的美丑，虫和鸟却看到了更深的内在啊！"

明堂表哥种的水果都不用农药，在水果结实的时候，他用塑料袋一粒一粒地包起来。而在每一个果园里，他总会留下一棵树给虫鸟吃。他常说："虫鸟真是聪明呀！它们都会从熟的开始吃，所以整年水果不会断。它们吃饱就走了，不像一些偷水果的人，连生熟都分不清。"

我采了两大袋的软枝杨桃回家，洗干净，把虫鸟咬过的部分削去，切成丁，端出来请大家吃。

家人吃了都大为惊叹：这么美味的杨桃真是少见呀！

确实，由于没有农药与化肥的污染，杨桃的生长较为缓慢，使那软枝杨桃比市场上的杨桃更坚实甜脆，滋味更为深长。

我边吃杨桃，边想起明堂表哥说的："虫鸟比人还聪明。"这是人的短视近利所造成的，当整个社会都只重视表面的好看，忽视内在的毒素时，真正清净的生活是不可能实现的。

松子茶

朋友从韩国来，送我一大包生松子，我还是第一次看到生的松子，晶莹细白，颇能想起“空山松子落，幽人应未眠”那样的情怀。

松子给人的联想自然有一种高远的境界，但是经过人工采撷、制造过的松子是用来吃的，怎样来吃这些松子呢？我想起饭馆里面有一道炒松子，便征询朋友的意见，要把那包松子下油锅了。

朋友一听，大惊失色：“松子怎么能用油炒呢？”

“在台湾，我们都是这样吃松子的。”我说。

“罪过，罪过。这包松子看起来虽然不多，你想它是多少棵松树经过冬雪的锻炼才长出来的呢？用油一炒，不但松子味尽失，也损伤了我们吃这种天地精华的原意了。何况，松子虽然淡雅，仍然是油性的，必须用淡雅的吃法才能品出它的真味。”

即使是一粒小小松子，也是吸取了日月精华而生，

我们虽然能将它烹茶、下锅，但不表示我们比松子高贵。

“那么，松子应该怎么吃呢？”我疑惑地问。

“即使在出产松子的韩国，松子仍然被看作珍贵的食品，松子最好的吃法是泡茶。”

“泡茶？”

“你烹茶的时候，加几粒松子在里面，松子会浮出淡淡的油脂，并生松香，使一壶茶顿时津香润滑，有高山流水之气。”

当夜，我们便就着月光，在屋内喝松子茶，果如朋友所说的，极平凡的茶加了一些松子就不凡起来了。那种感觉就像在遍地的绿草中突然开起优雅的小花，并且闻到那花的香气，我觉得，以松子烹茶，最不辜负这些生长在高山上历经冰雪的松子了。

“松子是小得不能再小的东西，但是有时候，极微小的东西也可以做情绪的大主宰。诗人在月夜的空山听到微不可辨的松子落声，会想起远方未眠的朋友，我们对月喝松子茶也可以说是独尝异味，尘俗为之解脱。我们一向在快乐的时候觉得日子太短，在忧烦的时候又觉得日子过得太长，完全是因为我们不能把握像松子一样存在我们生活四周的小东西。”朋友说。

朋友的话十分有理，使我想起人自命世界的主宰，但是人并非这个世界唯一的主人。就以经常遍照的日月来说，太阳给了万物生机和力量，并不单给人们照耀；而在月光温柔的怀抱里，虫鸟鸣唱，不让人在月下独享。即使是一粒小小松子，也是吸取了日月精华而生，我们虽然能将它烹茶、下锅，但不表示我们比松子高贵。

佛眼和尚在禅宗的公案里，留下两句名言：

水自竹边流出冷，

风从花里过来香。

水和竹原是不相干的，可是因为水从竹子边流出来就显得格外清冷；花是香的，但花的香如果没有风从中穿过，就永远不能为人体知。可见，纵是简单的万物也要通过配合才生出不同的意义，何况是人和松子？

我觉得，人一切的心灵活动都是抽象的，这种抽象宜于联想；得到人世一切物质的富人如果不能联想，他还是觉得不足；倘若是一个贫苦的人有了抽象联想，也可以过得幸福。这完全是境界的差别，《坛经》中云：“时有风吹幡动。一僧曰风动，一僧曰幡动。议论不已。惠能进曰：‘非风动，非幡动，仁者心动。’”

仁者，人也。在人心所动的一刻，看见的万物都是动的；人若呆滞，风动幡动都会视而不见。怪不得有人在荒原里行走时会想起生活的悲境，大叹：“只道那情爱之深无边无际，未料这离别之苦苦比天高。”而心中有山河大地的人却能说出“长亭凉夜月，多为客铺舒”，感怀出“睡时用明霞作被，醒来以月儿点灯”等引人遐思的境界。

一些小小的泡在茶里的松子，一粒停泊在温柔海边的细沙，一声在夏夜里传来的微弱虫声，一点斜在遥远天际的星光……它们全是无言的，但随着灵思的流转，就有了炫目的光彩。记得沈从文这样说过：“凡是美的都没有家，流星，落花，萤火，最会鸣叫的蓝头红嘴绿翅膀的王母鸟，也都没有家的。谁见过人蓄养凤凰呢？谁能束缚着月光呢？一颗流星自有它来去的方向，我有我的去处。”

灵魂是一面随风招展的旗子，人永远不要忽视身边的事物，因为它也许正可以飘动你心中的那面旗，即使是小如松子。

食家笔记

长板条上

所有的日本料理店，靠近师傅料理台一定有一个用木板钉成的长板条，这板条旁边的椅子一般人不肯去坐，原因无他，只是不够气派。

在台湾，日本料理店生意最好的是在房间，其次是桌子，最后才是围着师傅的板条；在日本是反其道而行，最好的是板条边。

吃日本料理，当然不得不相信日本人的方式。这个长板条之所以受人喜欢，是日本人去喝酒大部分是小酌而不是大宴，一个人坐在长板条边是最自在的。

如果你要吃好东西，也只有在长板条上。因为坐在长板条边，靠近师傅，日久熟识互相询问家常，师傅边谈话总会在他身边抓一些东西请你，像毛豆、黄瓜、酱萝卜、生芹菜、芝麻之类，有时候甚至挖一勺刚做好的鱼子给你，或者把切剩的最好的一条鱼肚子推到面前，向你说："尝一尝！"

坐长板条的客人通常不是寻常客人，都是嗜好生鱼的，那么师傅会告诉你，今天什么鱼好、什么鱼坏，并非他故意去买坏鱼，是鱼市场的鱼货，今日有些不甚高明，然后会说："今天有一种好鱼，我切给您试试。"等你吃完满意了，他才切上算账的来，而你不要小看那一片试食的鱼片，料理店的一片好鱼，通常吃一口要一百元的。

长板条是最能学吃日本料理的地方，因为所有的东西都摆在面前，有许多选择的机会，坐在房间里的客人，吃一辈子日本料理，可能许多食料见都没有见过。

长板条上也是最有人情味的地方，只要坐在长板条边，总不会吃得太坏，中国人说"见面三分情"，大师傅就在面前，总不好意思弄一些差的东西给你。而且师傅无形中聊起日本料理的种种情形，自然就是在传法给客人了。最最重要的是，如果是熟客，价钱总会算得便宜一些，因为在日本料理店中，每张桌子都由服务生开单，唯有在长板条上是"自由心证"，全权由师傅掌握，熟人好说话，一定比房间里便宜得多。

在日本一些专卖生鱼和寿司的店，有时没有桌子，只有板条四桌围绕，师傅们则站在里面服务，一个师傅平常就照顾五张椅子，有那相熟的客人往往不仅认店，还要认师傅，这时不仅手艺比高下，连亲切都要一比，

中国人吃饭挑师傅相熟的馆子，

和日本人在长板条上挑师傅一样，是人情味的表现。

因而店中气氛融洽，比其他日本料理店要吵闹得多。

由于日本人生鱼生虾吃得厉害，所以卫生、新鲜要格外讲究，听说要是在日本吃料理中了毒，可以向店里控告，赔偿起来不得了，而坐在长板条上不但可以控告店里，连认得的师傅都可以告进官府里去。因此师傅们无不戒慎恐惧，害怕丢了饭碗，消费者得以安心大啖其生猛海鲜。

我过去不觉得日本料理有什么惊人之处，有一回和摄影家柯锡杰去吃日本料理，第一次坐在长板条上。老柯与师傅相熟，大显身手叫了许多平日不易吃到的东西，而且有大部分是赠送的，这时始知吃日式料理也有大学问，老柯说："日本料理的师傅也是人，有荣誉心，如果遇到一位好的吃家，他恨不得把自己的肚子都切下来给你下酒，谁还在乎那区区几个钱呢？"

柯锡杰早年留学日本，吃日本菜是第一流的高手，但是他说："不管吃什么菜，认识大师傅是必要条件，中国菜也是一样的吧！菜里无非人情，大师傅吩咐一声，胜过千军万马。我早年在美国当厨子，自己发明一道烤鸡，名称就叫'柯氏鸡'，与'麻婆豆腐'一样，以人名取胜，结果大家都爱吃这道菜，不一定是菜有什么高明，是他们认识了柯氏，在人情上，总要试试柯氏鸡的滋味吧！"

这使我想起另一位吃家欧豪年。欧豪年每次在餐馆请客，一定提前半个小时前往，我觉得奇怪，不免问他，他说："主要是先来挑鱼，同样的鱼只要大小不同就味道差很多，像青衣、石斑之属，一斤左右的最好，太小的肉烂，太大的肉老。其次是先和师傅打个招呼，他就会特别留意，做出真正的好菜来。就说蒸鱼好了，火候最重要，要蒸到完全熟了可是还有一点点肉粘在骨头，那个节骨眼上，只有一秒钟的时间。”

中国人吃饭挑师傅相熟的馆子，和日本人在长板条上挑师傅一样，是人情味的表现。我曾在一家日本料理店看一个日本人坐在长板条上，每吃一片生鱼就喝一杯清酒，一边和师傅聊天，最后竟然大醉高歌而归。那时我想：使他醉的不一定是清酒，说不定是那个师傅！

梁妹

新加坡朋友何振亚颇有一点财富，待人热诚，我在新加坡旅行时住在他家。他最让人羡慕的不是他的有钱，而是他有个好厨子。

何振亚的厨子是马来西亚籍的粤人，是个单身女郎。她身材高挑，眉清目秀，年约三十岁，等闲看不出她有什么好手艺，但她是那种天生会做菜的人。

这梁妹不像一般用人要做很多事，她主要的工作就是做做三餐。我住在何家，第一天早上起床，早餐是西式的，两个荷包蛋，两根香肠，一杯咖啡，一杯牛奶或果汁。奇的是她的做法是中式的，蛋煎两面，两面皆为蛋白包住，却透明可看见蛋黄——这才是中国式的“荷包蛋”，不是西式的一面蛋——而那德国香肠是梁妹自灌的，有中西合璧的美味。

正吃早餐的时候，何振亚说：“你不要小看了这鸡蛋，你看这鸡蛋接近完全的圆形，火候恰到好处，这不是技术问题。梁妹是个律己极严的厨师，她煎蛋的时候只要蛋有一点歪，就自己吃掉，不肯端上桌，一定要煎到正圆形，毫无瑕疵才肯拿出来。我起初不能适应她的方式，现在久了反而欣赏她的态度，她不是个厨子，简直是个艺术家嘛。”

梁妹犹不止此也，她常做一道糖醋高丽菜，假如没有上好的镇江醋，她是拒绝做的，而且一颗高丽菜，叶子大部分切去丢掉，只留下靠着菜梗又厚实又坚硬的部分，切成正方形（每一个方形一样大，两寸见方），炒出来的高丽菜透明犹如白玉，嚼在口中清脆作响，真是从寻常菜肴中见出功夫，那么可想而知做大菜时她的用心。有一回何振亚摆酒席，梁妹整整忙了一天，每道菜都好吃到让人嚼到舌头。

其中一道叉烧，最令我记忆深刻，端上来时热腾腾的，外皮甚脆，嚼之作声，而内部却是细嫩无比。梁妹说：“你要测验广东馆子的师傅行不行，不必吃别的菜，叫一客（份）叉烧来吃马上可以打分数，对广东人来说，叉烧是最基本的功夫。”

梁妹来自马来西亚乡下，未受过什么教育，我和她聊天时忍不住问起她烹饪的事，她说是自己有兴趣于做菜，觉得煎一粒好蛋也是令人快乐的事。

“怎样做到这样好？”

“我想是这样的，一道做过的菜不要去重复它，第二次重新做同一道菜，我就想，怎样改变一些佐料，或者改变一点方法，能使它吃起来不同于第一次，而且企图做得更好一点，到最后不就做得很好了吗？”

我在何家住了一个星期，只觉得有个好厨子是人生一快，后来新加坡的事多已淡忘，唯独梁妹的菜印象至为深刻。我不禁想起以前的法国大臣Talleyrand奉派到维也纳开会，路易十八问他最需要什么，他说："祈国王赐臣一御厨。"因为对法国人来说没有好的厨子，外交就免谈了。

以前袁子才家的厨子王小余说："作厨如作医，以吾一心诊百物之宜。"又说："能大而不能小者，气粗也；能啬而不能华者，才弱也。且味固不在大小、华啬间也，能，则一芹一菹皆珍怪，不能，则黄雀鲊三楹，无益也。"真是精论，一个好厨子做的芹菜绝对胜过坏厨子做的熊掌。

做一个好厨子的条件是怎样的呢？

美国玄学大师华特（Alan Watts）说："杀一只鸡而没有能力将之烹好，那只鸡是白死了。"

法国人爱调戏人，他们常问的话是："你会写文章，会画图做雕刻，你好像什么都有一手，且慢，你会烧菜吗？"呀哈！如果你只会写文章，不会烧菜，只能算是"作家"，不能算是"艺术家"。骄傲的法国人眼中，如果你不会烧菜，最少也要有好舌头，否则真是不足论了。

得过最高荣誉勋章的法国大厨波古氏（Bocuse）说过："发现一款新菜，比发现一颗新星，对人类的幸福有更大的贡献。"诚不谬哉！

响螺火锅

在纽约旅行的时候，有一天雕刻家钟庆煌在家里请吃火锅，约来了纽约的各路英雄好汉，有画家姚庆章、杨炽宏、司徒强、卓有瑞，摄影家柯锡杰，舞蹈家江青，作家张北海。那一天之所以值得一记，是因为钟庆煌准备了难得吃到的响螺火锅。响螺是电影中海盗用来吹号的那种螺，体形十分巨大，吃起来颇费事，故一般西方人很少食用，在纽约只有中国城有卖。

钟庆煌说，他为了准备这响螺火锅已整整忙了一天，一早就走路到中国城挑选合适的响螺，由于响螺壳坚硬无比，必须用榔头敲开，敲开之后只取用其前半部（像吃蜗牛一样，前半部才是上品）。取下后切片也不易，因响螺肉韧，必须用又利又薄的牛排刀才能切成薄片，要切得很薄很薄，否则就不能吃火锅了。

听钟庆煌这样一说，大家都颇为感动，而且听说一般馆子吃响螺不是用炒就是用炖的，用来吃火锅还是钟庆煌的发明。

那一次吃响螺片火锅滋味难忘，因肉质鲜美，经滚水烫过有一股韧劲和脆劲儿，吃起来有点像新鲜的鲍鱼片，但比鲍鱼更筋道，而且响螺肉有点透明感，真是人间美味。吃涮响螺片时我才发现，如果真有滋味，不一定要依赖厨子，然而火候仍是不可忽视的，透明的螺片下锅转白时即捞起，否则就太老了。

回台北后，吃火锅时常想起雕刻家亲手拿榔头敲开的响螺火锅，可惜找不到响螺，后来在南门市场一家卖海鲜的摊子找到了响螺，体积比美国的小得多，要价一两十五元，摊贩说是澎湖的响螺，滋味比美国的好，因为美国的长得太大了，肉质较硬。

带一些回来试做，才发现不然，因美国响螺大，切片后吃火锅较适合，澎湖的就小了一些。后来我想了很久，用一个新的方法做，先炖鸡一只，得汤一碗，再用鸡汤煨响螺片约十分钟，味道鲜美无比。

现在台北的馆子里也开始做响螺，尤其广东馆子最多，通常也是用鸡汤煨，再焖一些青菜进去，是正统的吃法；另有一法是将螺肉挖出剁碎，和一些碎肉虾泥再塞回螺壳中蒸熟，摆到盘子里非常壮观，可惜风味尽失。这使我想到生猛的海鲜本身的味道已经各擅胜场，纯味最上，配味次之，像什么虾球、花枝丸、蚵卷、蟹饺等都是等而下之了。

画家席德进生前也是有名的吃家，他就从不吃虾球之类，理由之一是：谁知道那是什么做的。理由之二是：即使用虾也不会用好虾，好好的虾干吗炸虾球？——真是妙见，把新鲜响螺剁碎了，简直是暴殄天物。

但这也不是绝对的，做汤的时候，用一个响螺同做，味道就完全不同。问题是，这时的响螺肉就不能吃了——这似乎是吃家的原则之一，你有一种东西只能选择一种吃法，不能又要喝汤又要吃肉。

吃客素描

我有一个朋友陈瑞献，是新加坡、马来西亚一带有名的艺术家，同时是有名的吃家。他以前在《南洋商报》上写吃的专栏，十分叫座，对吃东西之讲究罕有其匹。

瑞献和现在台湾法国文化中心主任戴文治是黄金拍档，两人时常一起到世界各国去大吃，事后互相研究讨论。在吃这一方面，配合得像他们这样好的也很少见。

说到他们两人的相识也是奇遇，戴文治到台湾以前是法国驻新加坡的大使，陈瑞献正好是新加坡法国大使馆的秘书，本是主属关系，由于两人都好吃并且酷爱艺术，竟成好友，交相莫逆，以兄弟相待。

这两个吃家好吃到什么程度呢？陈瑞献常说："人生有四件大事，除了吃以外，其他三件我已忘记。"他们是那种有了好吃的东西可以丢掉其他三件大事的人。瑞献每天除了吃好吃的东西，生活几乎是邋遢的，衣着方面，他虽在大使馆上班，但终年穿着短裤、拖鞋到办公室，由于他名气太大，久之大家也习以为常。在住的方面，他住的地方对面就是新加坡有名的绿灯户，是黑社会争夺的地盘，他家虽是两层洋楼，家中堆满零乱的字画，找个能坐的地方都感到困难。在行的方面，他开着大使馆所有的一部福特跑车，车龄已有六七年了，他开到哪里停到哪里，由于挂着使馆牌，即使在管理严格的新加坡也享有特权，他那部车是新加坡少数有名的"大牌"之一，车子够老，牌子够硬。

瑞献书画、文章、金石都是绝活，除了这些，对他最重要的大概就是吃了。

有一年，瑞献因公来台北，我说是不是可以看看他的行程，他把纸拿出来，里面几乎没有行程，只写了三餐用餐的地点和吃些什么菜。

"这就是你的行程吗？"我说。

"是呀！有什么比吃更重要呢？"

“人生有四件大事，除了吃以外，其他三件我已忘记。”

他说外出游山玩水固好，但对他们这种经常世界各处跑的人已没有什么意义，吃好东西才是最实在的。我看他的“行程表”（就是吃程表）中有一天中午空白，表示我要做东。那时我正想去法国，在办理赴法签证，大权在戴文治手中，便约戴文治一同前往。

当时在戴文治家中，瑞献指着戴文治对我说：“你请他吃饭可要当心，要是吃到什么难吃的菜，你的法国签证就泡汤了。假如吃到好菜，说不定给你一张法国护照。”

三人哈哈大笑，戴文治补充说明：“我的权力没有那么大，最长只能给你签六个月。”

“当然，如果不给你签，你这辈子别想去法国了。”瑞献爱开玩笑，“完全就看你怎么安排了。”

兹事体大，当下三人摊开吃的地图（戴文治家中有一本专门记载台北馆子的书籍，有图表）研究，我从罗斯福路、和平东路、信义路、仁爱路、忠孝东路一路问下来，大部分有名的馆子他们都吃过了，这使我大吃一惊，因为台北爱吃的人虽多，吃得这么全的也算少见。

后来我卖了一个关子，说：“这样好了，明日午时就在法国文化中心集合，我带你们去吃，但先不说吃的地点和吃些什么。”两人相视一笑，点头答应。

第二天，我带他们到仁爱路的“吃客”去吃。果然他们没有吃过，大为惊奇，台北居然有他们没吃过的馆子。我叫了一些普通的菜，记得是卤猪脚、风鸡、醉虾、干丝牛肉、吃客鲳鱼、炒年糕、黄鱼羹、香菇鸭舌汤，每出来一道菜都叫他们舌头打结。事实并不是菜烧得多了不起，只是吃客的猪脚、风鸡、醉虾对初尝的人确是异味，而黄鱼羹之鲜美，香菇鸭舌汤以五十只鸭舌做成，都是富有舌头震撼力的。

吃完后叫了一客豆沙锅饼，一客芝麻糊，吃得两位名吃客啧啧称奇。

结束之后，我问戴文治："味道如何？"

"六个月，六个月。"戴忙着说，意即我的法国签证，他可以给我签最长的时间。

"这样棒的一顿饭才值六个月吗？"瑞献打趣说，我们不禁拍案大笑。

这时我才透露了选"吃客"的原因，因为在戴文治的"秘籍"中并没有"吃客"的记载，胜算很大。我们四人（还有我的妻子小鋆）谈到，选择馆子事实上没有叫菜重要，因为每一个馆子的师傅总有一两道"招牌好菜"，有时一家馆子就靠一道菜撑着，如果去吃馆子不知道叫菜如同盲人骑马，只知有马，不知马瞎，真是太可怕了。

好菜的功能之大甚至影响到法国签证呢！可不慎哉！

后来我与妻子到新加坡，瑞献一来就为我们开了一张食单，每天让我们早、午餐自便，晚餐如果没有特别应酬，则听他安排；他找到的菜馆不论大小，菜都是第一流的，即使是路边小摊吃海鲜，他也都能找到又新鲜又好吃的地方——这真是食家本色，好的食家是不摆排场、不充阔佬的，一万块吃到好菜不是本事，一千块吃到好菜才是本事；能吃海鲜不是本事，要便宜吃到好海鲜才是本事；知道名菜名厨不是本事，连街边小摊都了然于心才是本事。

有瑞献带路去吃，差一点把我的舌头忘在新加坡。

最遗憾的是，瑞献为我安排了一餐俄国菜、一餐印度菜，由于那两天都有朋友的应酬，因而分别在江浙馆和广东茶楼吃饭，至今引为憾事。瑞献表现在吃的兴趣是令人吃惊的，他不但餐餐陪我们吃，毫无倦容，而且吃得比我们还有味。有一回吃潮州菜，我看他吃得趣味盎然，忍不住问他：“你吃过这么多次，还觉得好吃吗？”

他正色道：“好的菜就是你吃几十次也不会腻的，就像一幅好的画挂在家中三五年，你何尝厌倦？”

他继续说：“吃好菜的时候总要把心情回到最初，好像是第一次品尝，让味蕾含苞待放；这就像和情人接吻，如果真爱那情人，不管接多少次吻都有不同的滋味。真正的吃家对待食物要像对待情人。”

他告诉我，有一次他和戴文治在法国吃鸡肉，戴文治在一食三叹之后求见厨师。当那顶白高帽在厨房门口出现，戴文治自动站起来，先向厨师致敬，再与他交谈。他说：“事后，戴文治对我说，他敬爱厨师，一如敬爱情人：对于那些失去做爱能力的人，佳肴是最好的补偿。”

瑞献常说：“不惜工本以快朵颐是食家本色。”又说：“让蠢人错把你当白痴者，是一流食家的逸乐。”又说：“品味如品画，厨者所以是画人。”他为了吃，有时甚至是疯狂的。

举例来说，1981 年有一个“锦江华筵访问团”，锦江师傅坐专机到新加坡，包括锅铲、碗筷、重要材料全是专机空运。锦江师傅在玻璃内做菜，吃客可以在外面观察他们的做法、刀功等，从切菜、炒煮，到端盘出来一目了然。在新加坡来说，是难得的机会。

然而一桌菜叫价一万新币（约四五万元人民币），瑞献兴起了吃的念头，他的妻子小菲极力反对，因为一万新币不是小数目。后来瑞献想了个变通的办法，就是邀集十位朋友，一人出一千新币，一起去吃锦江华筵，分摊起来负担就小了。

小菲仍不赞成，觉得花一千新币吃一餐也不可思议，但瑞献对她说："你让我去吃这一餐，你只是心痛一阵子，如果你不让我去吃这一餐，我会遗憾一辈子。"他们伉俪情深，小菲只好节省用度，让他好好地吃了一餐。事后他告诉我："真是值回票价！"小菲则对我说："幸好让他去吃，否则他真会怨我一辈子，他吃了那顿饭，回来整整说了一个月。"

我和瑞献已有三年未见，但每次吃到好菜总不自觉想起他来，因为在这个世界上人莫不饮食，豪侈暴发之辈奇多，一掷万金者也所在多有，但鲜有能知味之人，知味是多么不易呀！

我们的通信开头总是"最近在××路发现××馆子，拿手好菜是……，味道……"结尾则是，"几时来这里，一起去大吃一顿吧！"

知味不易，人生得知味之知己，是多么难呀！

冰糖芋泥

每到冬寒时节，我时常想起幼年时候，坐在老家西厢房里，一家人围着大灶，吃母亲做的冰糖芋泥。事隔二十几年，每次回想起，齿颊还会涌起一片甘香。

有时候没事，读书到深夜，我也会学着妈妈的方法，熬一碗冰糖芋泥，温暖犹在，但味道大不如前。我想，冰糖芋泥对我，不只是一种食物，而是一种感觉，是冬夜里的暖意。

成长在战后几年的孩子，对番薯和芋头这两种食物，相信记忆都非常深刻。早年在乡下，白米饭对我们来讲是一种奢想，三餐时，饭锅里的米饭和番薯永远是不成比例的，有时早上喝到一碗未掺番薯的白粥，就会高兴半天。

生活在那种境况中的孩子只有自求多福，但最为难的恐怕是妈妈，因为她时刻都在想如何为那简单贫乏的食物设计一些新的花样，让我们不感到厌倦，并增加我们的生活趣味。我至今最怀念的是母亲费尽心机在食物上所创造的匠心和巧意。

自我刚学会走路的时候起，就经常在午饭的空闲里，随着母亲到田中采摘野菜，她能分辨出什么野菜可以食用，且加以最可口的配方。譬如有一道菜叫“乌莘菜”的，母亲采下那最嫩的芽，用太白粉烧汤，那又浓又香的汤汁我到今天还不敢稍稍忘记。

即使是番薯的叶子，摘回来后剥皮去丝，不管是火炒，还是清煮，都有特别的翠意。

如果遇到雨后，母亲就拿把铲子和竹篮，到竹林中去挖掘那些刚要冒出头来的竹笋，竹林中阴湿的地方常生长着一种可食用的蕈类，是银灰而带点褐色的，母亲称为“鸡肉丝菇”，炒起来的味道真是如同鸡肉丝一样。

就是乡间随意生长的青凤梨，母亲都有办法变出几道不同的菜式。

母亲是那种做菜时常常有灵感的人，可是遇到我们几乎天天都要食用，等于是主食的番薯和芋头则不免头痛。将番薯和芋头加在米饭里蒸煮是很容易的，可是如果天天吃着这样的食物，恐怕脾气再好的孩子都要哭丧着脸。

在我们家，番薯和芋头都是长年不缺的，番薯种在离溪河不远处的沙地，纵在最困苦的年代，也会繁茂地生长，取之不尽，食之不绝，芋头则种在田野沟渠的旁边，果实硕大坚硬，也是四季不缺。

我常看到母亲对着用布袋装回来的番薯和芋头发愁，然后她开始在发愁中创造，企图用最平凡的食物，来做最不平凡的菜肴，让我们整天吃这两种东西不感到烦腻。

母亲当然把最好的部分留下来掺在饭里，其他的，她则小心翼翼地将之切成薄片，用糖、面粉，和我们家自己生产的鸡蛋打成糊状，薄片蘸着粉糊下到油锅里炸，到呈金黄色的时刻捞起，然后用一个大的铁罐盛装，就成为我们日常食用的饼干。由于母亲故意珍爱着那些饼干，我们吃的时候是按人分配的，所以就觉得格外好吃。

即使是番薯有那么多，母亲也不准我们随便取用，她常谈起“日据时代”空袭的一段岁月，说番薯也和米饭一样重要。那时我们家还用烧木柴的大灶，下面是排气孔，烧剩的火灰落到气孔中还有温热，我们最喜欢把小的红心番薯放在孔中让灰烬焖熟，剥开来真是香气扑鼻。母亲不许我们这样做，只有得到奖赏的孩子才有那种特权。

记得我每次考了第一名，或拿奖状回家时，母亲就特准我在灶下焖两个红心番薯作为奖励。我从灶里探出焖熟的番薯，心中那种荣耀的感觉，真不亚于在学校的讲台上领奖状，番薯吃起来也就特别有味。我们家是个大家庭，我有十四个堂兄弟，四个堂姐，伯父母都是早年去世，由母亲主理家政，到今天，我们都还记得领到两个红心番薯是一个多么隆重的奖励。

番薯不只用来做饭、做饼、做奖品，还能与东坡肉同卤，还能清蒸，母亲总是每隔几日就变一种花样。夏夜里，我们做完功课，最期待的点心是，母亲把番薯切成一寸见方，和凤梨一起煮成的甜汤：酸甜兼具，颇可以象征我们当时的生活。

芋头的地位似乎不像番薯那么重要，但是母亲的一道芋梗做成的菜肴，几乎无以形容。有一回，我在台北天津街吃到一道红烧茄子，险些落下泪来，因为这道北方的菜肴，它的味道竟和二十几年前南方贫苦的乡下，母亲做的芋梗极其相似。本来挖了芋头，梗和叶都要丢弃的，母亲却不舍，于是芋梗做了盘中餐，芋叶则用来给我们上学做饭包。

芋头孤傲的脾气和它流露的强烈气味是一样的，它充满了敏感，几乎和别的食物无法相容。削芋头的时候要戴手套，因为它会让皮肤麻痒，它的这种坏脾气使它不能取代番薯，永远是个二副，当不了船长。

我们在过年过节时，能吃到丰盛的晚餐，其中不可少的一样是芋头排骨汤，我想全天下没有比芋头和排骨更好的配合了，唯一能相提并论的是莲藕排骨，但一浓一淡，风味各殊，人在贫苦的时候，大多是更喜爱浓烈的味道。母亲在红烧鲢鱼头时，炖烂的芋头和鱼头相得益彰，恐怕也是天下无双。

最不能忘记的是我们在冬夜里吃冰糖芋泥的经验，母亲把煮熟的芋头捣烂，和着冰糖同熬，熬成几近晶蓝的颜色，放在大灶上。就等着我们做完功课，检查过以后，可以自己到灶上舀一碗热腾腾的芋泥，围在灶边吃。每当知道母亲做了冰糖芋泥，我们一回家便赶着做功课，期待着灶上的一碗点心。

冰糖芋泥只能慢慢地品尝，就是在最冷的冬夜，它每一口也都是滚

在寒流来袭的台北灯下，我时常想到，

如果幼年时代没有吃过母亲的冰糖芋泥，

那么我的童年记忆就完全失色了。

烫的。我们一大群兄弟姐妹站着围在灶边，细细享受母亲精制的芋泥，嬉嬉闹闹，吃完后才满足地回房就寝。

二十几年时光的流转，兄弟姐妹都因成长而星散了，连老家都因盖了新屋而消失无踪，有时候想在大灶边吃一碗冰糖芋泥都已成了奢想。天天吃白米饭，使我想起那段用番薯和芋头堆积起来的成长岁月，想吃腌制的萝卜干吗？想吃雨后的油焖笋尖吗？想吃灰烬里的红心番薯吗？想吃冬夜里的冰糖芋泥吗？有时想得不得了，心中徒增一片惆怅，即使真能再制，味道总是不如从前了。

我成长的环境是艰困的，因为有母亲的爱，那艰困竟都化成甜美，母亲的爱就表达在那些看起来微不足道的食物里面。一碗冰糖芋泥其实没有什么，但即使看不到芋头，吃在口中，可以简单地分辨出那不是别的东西，而是一种无私的爱，无私的爱在困苦中是最坚强的。它纵然研磨成泥，但每一口都是滚烫的，是甜美的，在我们最初的血管里奔流。

在寒流来袭的台北灯下，我时常想到，如果幼年时代没有吃过母亲的冰糖芋泥，那么我的童年记忆就完全失色了。

我如今能保持乡下孩子恬淡的本性，常能在面对一袋袋知识的番薯和芋头，知所取舍变化，创造出最好的样式，在烦闷发愁时不失去向前的信心，我确信和我童年的生活有着密切的关系。因为母亲的影子在我心里最深处的角落，永远推动着我。

雪梨的滋味

可惜的只是，
那些血早已埋在土里，
并没有染在梨上，
以至于后世的子孙，
有许多已经对那些梨树下横飞的血肉失去了记忆。

不知道为什么，所有的水果里，我最喜欢的是梨。梨不管在什么时间，总是给我一种凄清的感觉。我住处附近的通化街，有一条卖水果的街，走过去，在水银灯下，梨总是洁白地从摊位中跳脱出来，好像不是属于摊子里的水果。

总是记得我第一次吃水梨的情况。

在我的家乡，有一个旧俗，就是梨不能分切来吃，因为把梨切开，在乡人的观念里认为这样是要“分离”的象征。

在乡下长大的孩子，水果四季不缺，可是像水梨和苹果却无缘会面，只在梦里出现。

我第一次吃水梨是在一位亲戚家里，亲戚刚从海外回来，带回一箱名贵的水梨，一再强调它是多么不易地横越千山万水来到。我抱着水梨就坐在客厅的角落吃了起来，因为觉得是那么珍贵的水果，就一口口细细地咀嚼着，没想到吃不到一半，水梨就变黄了，我站起来，告诉亲戚：“这水梨坏了。”

“怎么会呢？”亲戚的孩子惊奇着。

“你看，它全变黄了。”我说。

亲戚虽一再强调，梨削了一定要一口气吃完，否则就会变黄的，但是不管他说什么，我总不肯再吃，虽然水梨的滋味是那么鲜美，但我的倔强把大人都弄得很尴尬，最后亲戚笑着说：“这孩子还是第一次吃梨呢！”

后来我才知道，梨的变黄是因为氧化作用，私心里对大人们感到歉意，却也来不及补救了。从此我一看到梨，就想起童年吃梨时令人脸红的往事，也从此特别喜欢吃梨，好像在为这补偿什么。

在我的家乡，有一个旧俗，就是梨不能分切来吃，因为把梨切开，在乡人的观念里认为这样是要“分离”的象征。我们家有五个孩子，常常望着一两个梨兴叹，兄弟们让来让去，那梨最后总是到了我的手里，妈妈的理由很简单：因为我身体弱，又特别爱吃水梨。

直到家里的经济好转，台湾也自己出产水梨，那时我在外地求学，每到秋天，我开学要到学校去，妈妈一定会在我的行囊里悄悄塞几个水梨，让我在客运车上吃。我虽能体会到妈妈的爱，却不能深知梨的意义。直到我踏入社会，回家的日子经常匆匆，有时候夜半返家，清晨就要归城，妈妈也会分外起早，到市场买两个水梨，塞在我的口袋里，我坐在疾行的火车上，就把水梨反复地摩挲着，舍不得吃，才知道一个小小的水梨，竟是代表了妈妈多少的爱意和思念，这些情绪在吃水梨时，就像梨汁一样，满溢了出来。

有一年暑假，我为了吃梨，跑到梨山去打工，梨山的早晨是清冷的，水梨被一夜的露气冰镇，吃一口，就凉到心底。由于农场主人让我们免费吃梨，和我一起打工的伙伴们，没几天就吃怕了，偏就是我百吃不厌，每天都是吃饱了水梨，才去上工。那一年暑假，是我学生时代最快乐的暑假，梨有时候不只象征分离，它也可以充满温暖。

记得爸爸说过一个故事，他们生在日本人盘踞的时代，他读小学的时候，日本老师常拿出烟台的苹果和天津的雪梨给他们看，说哪一天打倒中国，他们就可以在山东吃大苹果，在天津吃天下第一的雪梨。爸爸对梨的记忆因此有一些伤感，他每次吃梨就对我们说一次这个故事，梨在这时很不单纯，它有国仇家恨的滋味。

有一次，我和妻子到香港，当时正是天津雪梨盛产的季节，有很多梨销到香港，香港卖水果的摊子部供应“雪梨汁”，一杯五元港币，在我寄住的旅馆楼下正好有一家卖雪梨汁的水果店，我们每天出门前，就站在人车喧闹的尖沙咀街边喝雪梨汁。雪梨汁的颜色是透明的，温凉如玉，清香扑鼻，到现在我还无法用文字形容那样的滋味。因为在那透明的汁液里，我们总会喝到似断还未断的乡愁。

天下闻名的天津雪梨，表皮有点青绿，个头很大，用刀子一削，就露出晶莹如白雪的肉来，梨汁便即刻随刀锋起落滴到地上。我想，这样洁白的梨，如果染了血，一定会显得格外殷红，我对妻子说起爸爸小学时代的故事，妻子说：“那些梨树下不知道溅了多少无辜的血呢！”

可惜的只是，那些血早已埋在土里，并没有染在梨上，以至于后世的子孙，有许多已经对那些梨树下横飞的血肉失去了记忆。可叹的是，日本人恐怕还念念不忘天津雪梨的美味吧！

水梨，现在是一种普通的水果，满街都在叫卖，我每回吃梨，就有种种滋味浮上心头。最强烈的滋味是日本人给的，他们曾在梨树下杀过我们的同胞，到现在还对着梨树喧嚷，满街过往的路客，谁想到吃梨有时还会让人伤感呢？

抹茶的美学

日本朋友坚持要带我去喝日本茶，我说："我想，中国茶大概比日本茶高明一些，我看不用去了。"

他对我笑一笑，说："那是不同的，我在台北喝过你们的功夫茶，味道和过程都是上品，但它在形式上和日本的不同，而且喝茶在台北是独立的东西，在日本不是，茶的美学渗透到日本所有的视觉文化，包括建筑和自然的欣赏。不喝茶你永远不能了解日本。"

我随着日本朋友在东京的大街小巷中穿梭，要去找喝茶的地方，一路上我都在想，在日本留了一些时日，喝到的日本茶无非是青茶或麦茶，能高明到哪里去呢？正沉思间，我们似乎走到了一个茅屋的"山门"，是用木头与草搭成的，非常简单朴素，朋友说我们喝茶的地方到了。这喝茶的处所日语叫 sukiya，翻成中文叫"茶室"，对西方人来讲就复杂一些，英文把它翻成 abode of fancy（幻想之居）、abode of vacancy（空之居），或者 abode of unsymmetrical（不称之居），光看这几个字，让我赫然觉得这茶室不是简单的地方。

果然进到山门之后，视觉一宽，看到一个不大不小的庭园，零落地铺着的石块大小不一，石与石间生长着短捷而青翠的小草，几株几人高的绿树也不规则得错落有致。走进这样的园子，人仿佛走进了一个清净细致的世界，远处好像还有极细极清的水声在响。

日本的园林虽小，可是在那样小的空间所创造的清净之力是非常惊人的，几乎使任何高声谈笑的人都要突然失声不敢喧哗。

我们也不禁沉默起来，好像怕吵醒铺在地上的青石一样。

茶室的人迎接我们，进入一个小小玄关式的回廊等候，这时距离茶室还有一条花径，石块四边开着细碎微不可辨的花。朋友告诉我，他们进去准备茶和茶具，我们可以先在这里放松心情。

他说："你别小看了这茶室，通常盖一间好的茶室所花费的金钱和心血胜过一个大楼。"

"为什么呢？"

"因为，盖茶室的木匠往往是最好的木匠，他对材料的挑选和手工的精细都必须达到完美的地步，而且他必须是个艺术家，对整体的美要有好的认识。以茶室来说，所有的色彩和设计都不应该重复，如果有一盆真花，就不能用有画花的画，如果有用黑釉的杯子，就不能放在黑色的漆盘上。甚至做每根柱子都不能使它单调，要利用视觉的诱引，使人

爱干净几乎成为一个日本人最基本的条件。

而日本传统似乎也偏向视觉美的讲求，

像插花、能剧、园林，

甚至文学到日本料理几乎全讲究精确的视觉美，所以也只好干净了。

沉静而不失乐趣。一个花瓶摆着也是学问，通常不应该摆在中央，使对等空间失去变化……”

正说的时候有人来请去喝茶，我们走过花径到了真正的茶室，房门高约五尺，屋檐处有一架子，所有正常高度的成人都要低头弯腰而入室，以对茶道表示恭敬。那屋外的架子是给客人放下所携的东西，如皮包、雨伞、相机之类，据说往昔是给武士解剑放置之处，在传统上，茶室是和平之地，是放松歇息的地方，什么东西都应放下，西方人叫它“空之居”“幻想之居”是颇有道理的。

茶室里除了地上的炉子、炉上的铁壶、一只夹炭的火钳、一幅简单的东洋画、一瓶弯折奇逸的插花外，空无一物。而屋子里干净得好像主人在三分钟前扫了十遍一样，简直找不到一粒灰——初到东京的人难以明白为什么这样的大城能维持干净，如果看到这间茶室就马上明了，爱干净几乎成为一个日本人最基本的规矩。而日本传统似乎也偏向视觉美的讲求，像插花、能剧、园林，甚至从文学到日本料理几乎全讲究精确的视觉美，所以也只好干净了。

茶娘把开水倒入一个灰白色的粗糙大碗里，用一根棒子搅拌，碗里浮起春天里松针一样翠的绿色来，上面则浮着细细的泡沫，等到温度宜于入口时她才端给我们。朋友说，这就是“抹茶”了，喝时要两手捧碗，端坐庄严，心情要如在庙里烧香，是严肃的，也是放松的。和中国茶不同的是，它一次要喝一大口，然后向泡茶的人赞美。

我饮了一口，细细地用味蕾品着抹茶，发现这神奇的翠绿汁液苦而清凉，有若薄荷，似有令人清冽的力量，和中国茶的芳香有劲大为不同。

“饮抹茶，一屋不能超过四个人，否则就不清净。”朋友说，“过去茶道所定下的规矩有上百种，如何倒茶、如何插花、如何拿勺子、拿茶箱、拿茶碗都有规定，不是专业的人是搞不清楚的，因此在京都有‘抹茶大学’专门训练茶道人才，训练出来的人几乎都是艺术家了。”我听了有些吃惊，光是泡这种茶就有大学训练，要算是天下奇闻了。

日本人都知道“抹茶”是中国的东西，在唐朝时候传进日本，在唐朝以后我们的祖先喝茶就是这种搅拌式的“抹茶”，而且用的是大碗，直到元朝才放弃这种方式，反倒在日本被保存了下来。如今日本茶道的方法基本上来自中国，只是因时日既久融成日本传统，完全转变为日本文化的习性 。

现在我们的茶艺以喝功夫茶为主，回过头来看日本茶道更觉得趣味盎然。但不论中日的茶道，讲的都是平静和自然的趣味，日本茶道的规模是十六世纪时茶道宗师利休所创，曾有人问他茶道是否有神秘之处。他说：

“把炭放进炉子，等水开到适当程度，加上茶叶使其产生适当的味道。按照花的生长情形，把花插到瓶子里，在夏天时使人想到清爽，冬天时使人想到温暖。除此之外，茶没有别的秘密。”

这不正是我们中国人的“平常心是道”吗？只是利休可能想不到，后来日本竟发展出一百种以上的规矩来。

在日本的茶道里，大部分的传说都是和古老中国有关的，最早的传说是说在公元前五世纪时，老子的一位信徒发现了茶，在函谷关口第一次奉茶给老子，把茶想成是“长生不老药”。

普遍为日本人所熟知的传说，是禅宗初祖达摩从天竺东来后，为了寻找无上正觉，在少林寺面壁九年，由于疲劳过度，眼睛张不开，索性把眼皮撕下来丢在地上。不久，在达摩丢弃眼皮的地方长出一棵叶子又绿又亮的矮树，达摩的弟子便拿这矮树的叶子来冲水，产生一种神秘的魔药，使他们坐禅的时候可以常保持觉醒状态，这就是茶的最初。

这真是个动人的传说，虽然无稽却有趣味，中国佛教禅宗何等大能，哪里需要借助茶的提神才能寻找无上的正觉呢？但是它也使得日本的茶道和禅有极为深厚的关系，过去，日本伟大的茶师都是修习禅宗的，并且以禅宗的精神用到实际生活形成茶道——就是自然的、山林的、野趣的、宁静的、纯净的、平常的精神。

另一个例子也可以反映这种精神，日本茶室通常是四席半大，这个大小是受到《维摩经》的一段话影响而决定的。《维摩经》记载，维摩诘居士曾在同样大的地方接待文殊师利菩萨和八万四千个佛弟子，它说明了对于真正悟道的人，空间的限制是不存在的。

我的日本朋友说：“日本茶道走到最后有两个要素，一个是微锈、一个是朴拙，都深深影响了日本的美学观，日本的金器、银器、陶瓷、漆器，甚至大到庭园、建筑都追求这样的趣味。说到日本传统的事物，好像从来没有追求明亮光灿的东西，唯一的例外，大概是武士的刀锋吧！”

日本美学追求到最后，是精密而分化，像是京都最有名的苔寺“西方寺”，在一万七千七百二十平方米的面积上，竟种满了一百二十种青苔，其变化之繁复，差别之细腻，真是达到了人类视觉感官的极致——细想起来，那一百二十种的青苔的变化，不正是抹茶上翡翠色泡沫的放大照片吗？

我们坐在“茶室”里享受着深深的安静，想到文化的变迁与流转，说不定我们捧碗而饮正是来自唐朝。不管它是日本的，或中国的，它确乎能使人有优美的感动，甚至能听到花径青石上响起的足声，好像来自遥远的海边，而来的那人羽扇纶巾、青衫蓝带，正是盛唐衣袂飘飘的文士——呀！我竟为自己这样美的想象而惊醒过来，而我的朋友双眼深闭，仿佛入定。

静到什么地步呢？静到阳光穿纸而入都像听到沙沙之声。

我们离开的时候才发觉整整坐了四个小时，四个小时只是一瞬，只是达摩祖师眼皮上长出千千亿亿叶子中的一片罢了。

白玉盅

在所有的蔬菜里，苦瓜是最美的。

苦瓜外表的美是难以形容的，它晶润透明，在阳光中，仿佛是碧玉一般，连它长卵形的疣状突起部分也长得那么细致，触摸起来清凉滑润，也是玉的感觉。所以我觉得最能代表苦瓜之美的，是清朝的玉器“白玉苦瓜”。白玉苦瓜是清朝写实性玉雕的代表作，历来只看到它的雕工之细、写实之美，我觉得最动人的是雕这件作品的无名艺匠，他把“白玉”和“苦瓜”做一结合，确实是一个惊人的灵感。

比较起来，虽然“翠玉白菜”的声名远在“白玉苦瓜”之上，但是我认为苦瓜是比白菜更近于玉的质地。

苦瓜俗称“锦荔枝”“癞葡萄”，白玉苦瓜表现了形象的美，但是我觉得它还不能完全表现苦瓜的内容以及苦瓜的味觉。苦瓜切开也是美的，它的内部和种子是鲜红色，像是有生命流动的鲜血。有一次我把切开的苦瓜摆在白瓷的盘子里，红白相映，几乎是画笔所无法表达的。人站在苦瓜面前，尤其是夏天，心中就漫上一股凉意，那也只是一种感觉而已。

不管苦瓜有多么美丽，它还是用来吃的。我年幼的时候最怕吃苦瓜，因为老使我想起在灶角熬着的中药，总觉得好好的鲜美蔬菜不吃，为何一定要吃那么苦的瓜。偏偏家里就种着几株苦瓜，有时抗议无效，常被妈妈通告苦着脸吃苦瓜，说是苦瓜可以退火，其实是因为家中的苦瓜生产过剩。

嗜吃苦瓜还是这几年的事，也许是年纪大，经历的苦事一多，苦瓜也不以为苦了；也许是苦瓜的美，让我在吃的时候忘却了它的苦；我想最主要的原因，应该是我发现苦瓜的苦不是涩苦，不是俗苦，而是在苦中自有一种甘味，好像人到中年怀想起少年时代惆怅的往事，苦乐相杂，难以析辨。

苦瓜有很多种吃法，我最喜欢的一种是江浙馆子里的“苦瓜生吃”，把苦瓜切成透明的薄片，蘸着酱油、醋和蒜末调成的酱，很奇怪，苦瓜生吃起来是不苦的，而是又香又脆，在满桌的油腻中，它独树一帜，没有一道菜比得上。有一回和画家王蓝一起进餐，他也最嗜苦瓜，一个人可以吃下一大盘，看他吃苦瓜，就像吃糖，一点也不苦。

有一家江浙馆里别出心裁，把这道菜叫作“白玉生吃”，让人想起白玉含在口中的滋味，吃在口里自然想起台北“故宫博物院”的白玉苦瓜，里面充满了美丽的联想。

画家席德进生前也爱吃苦瓜，不但懂吃，自己还能下厨。他最拿手的一道菜是苦瓜灌肉，每次请客都亲自做这道菜，上市场挑选最好的苦瓜，还有上好的腱子肉，把肉细心地捣碎以后，塞在挖空的苦瓜里，要塞到饱满结实，或蒸或煮，别有风味。一次，画家请客，我看到他在厨房里剁肉，小心翼翼塞到苦瓜中去，到吃苦瓜灌肉时，真觉得人生的享受莫过于此。我们开玩笑地把画家的拿手菜取名为“白玉蛊”。如今画家去了，他拿手的白玉蛊也随他去了，我好几次吃这道菜，总品不出过去的那种滋味。

苦瓜真是一种奇异的蔬菜，它是最美的和最苦的结合，这种结合恐怕是造物者“美丽的错误”。以前有一种酸酸甜甜的饮料，广告词是“初恋的滋味”，我觉得苦瓜可以说是“失恋的滋味”，恋是美的，失是苦的，可是有恋就有失，有美就有苦，如果一个人不能尝苦，那么也就不能体会到那苦中的美。

我们都是吃过苦瓜的，却少有人看过苦瓜树。去年我在南部，看到一大片苦瓜田里长出累累的苦瓜，农民正在收采，他们把包着苦瓜的纸解开，采摘下来，就像在树上取下一颗颗的白玉。我站在田边，看着篮中满满的苦瓜，心中突然感动不已，我想，真正苦瓜生命里的美，是远远比台北“故宫博物院”橱窗里的苦瓜令人感动的。

我买了一个刚从田里采下的苦瓜，摆在家里，舍不得吃；放置几天以后，苦瓜枯萎了，失去了它白玉般的晶亮与透明，吃起来也丝毫不苦，风味尽失。这使我想起了人世间的许多事，美与苦是并生的，人不能只要美而不要苦，那么苦瓜的创作不能说是美丽的错误，它是人生一个真实的剪影。

茶香一叶

在坪林乡，春茶刚刚收成结束，茶农忙碌的脸上才绽开了笑容，陪我们坐在庭前喝茶，他把那还带着新焙炉火气味的茶叶放到壶里，冲出来一股新鲜的春气，溢满了一整座才刷新不久的客厅。

茶农说：“你早一个月来的话，整个坪林乡人谈的都是茶，想的也都是茶，到一个人家里总会问采收得怎样？今年烘焙得如何？茶炒出来的样色好不好？茶价好还是坏？甚至谈天气也是因为与采茶有关才谈它，直到春茶全采完了，才能谈一点茶以外的事。”听他这样说，我们都忍不住笑了，好像他好不容易从茶的影子里走了出来，终于能做一些与茶无关的事情，好险!

慢慢地，他谈得兴起，连一斤三千元的茶也拿出来泡了，边倒茶边说：“你别小看这一斤三千元的茶，是比赛得奖的，同样的品质，在台北的茶店可能就是八千元的价格。在我们坪林，一两五十元的茶算是好茶了，可是在台北一两五十元的茶里还掺有许多茶梗子。”

“一般农民看我们种茶的茶价那么高，喝起来又是慢条斯理，觉得茶农的生活蛮悠闲的，其实不然，我们忙起来的时候比任何农民都要忙。”

“忙到什么程度呢？”我问他。

他说，茶叶在春天的生长是很快的，今天要采的茶叶不能留到明天，因为今天还是嫩叶，明天就是粗叶子，价钱相差几十倍，所以赶清晨出去一定是采到黄昏才回家，回到家以后，茶叶又不能放，一放那新鲜的气息就没有了，因而必须连夜烘焙，往往工作到天亮，天亮的时候又赶着去采昨夜萌发出来的新芽。

而且这种忙碌的工作是全家总动员，不分男女老少。在茶乡里，往往一个孩子七八岁时就懂得采茶和炒茶了，一到春茶盛产的时节，茶乡里所有孩子全在家帮忙采茶炒茶，学校几乎停顿，他们把这一连串为茶忙碌的日子叫“茶假”——但孩子放茶假的时候，比起日常在学校还要忙碌得多。

主人为我们倒了他亲手种植和烘焙的茶，一时之间，茶香四溢。文山包种茶比起乌龙还带着一点溪水清澈的气息，乌龙这些年被宠得有点像贵族了，文山包种则还带着乡下平民那种天真纯朴的亲切与风味。

主人为我们说了一则今年采茶时发生的趣事。他由于白天忙着采茶、分茶，夜里还要炒茶，忙到几天几夜都不睡觉，连吃饭都没有时间，添一碗饭在炒茶的炉子前随便扒扒就解决了一餐，不眠不休地工作只希望今年能采个好价钱。

“有一天采茶回来，马上炒茶，晚餐的时候自己添碗饭吃着，扒了一口，就睡着了，饭碗落在地上打破都不知道，人就躺在饭粒上面，隔一段时间梦见茶炒焦了，惊醒过来，才发现嘴里还含着一口饭，一嚼发现味道不对，原来饭在口里发酵了，带着米酒的香气。”主人说着说着就笑起来了，我却听到了笑声背后的一些辛酸。人忙碌到这种情况，真是难以想象，抬头看窗外那一畦畦夹在树林山坡间的茶园，即使现在茶采完了，还时而看见茶农在园中工作的身影，在我们面前泡在壶中的茶叶原来不是轻易得来的。

主人又换了泡新茶，他说：“刚喝的是生茶，现在我泡的是三分仔（即炒到三分的熟茶），你试试看。”然后他从壶中倒出了黄金一样色泽的茶汁来，比生茶更有一种古朴的气息。他说：“做茶的有一句话，说是‘南有冻顶乌龙，北有文山包种’，其实，冻顶乌龙和文山包种各有各的胜场，乌龙较浓，包种较清；乌龙较香，包种较甜，都是台湾之宝！可惜大家只熟悉冻顶乌龙，对文山的包种茶反而陌生，这是很不公平的事。”

对于不公平的事，主人似有许多感慨。他的家在坪林乡山上的渔光村，从坪林要步行两个小时才到，遗世而独立地生活着，除了种茶，闲来也种一些香菇。他住的地方在海拔八百米高的地方，为什么选择住这样高的山上？“那是因为茶和香菇在越高的地方长得越好。”

即使在这么高的地方，近年来也常有人造访，主人带着乡下传统的习惯，凡是有客人来总是亲切招待，请喝茶、请吃饭，临走还送一点自种的茶叶。他说："可是有一次来了两个人，我们想招待吃饭，忙着到厨房做菜，过一下子出来，发现客厅的东西被偷走了一大堆，真是令人伤心哪！人在这时比狗还不如，你喂狗吃饭，它至少不会咬你。"

主人家居不远的地方，有北势溪环绕，山下有个秀丽的大舌湖，假日时候常有青年到这里露营，青年人所到之处，总是垃圾满地，鱼虾死灭，草树被践踏，然后他们拍拍屁股走了，把苦果留给当地居民去尝。他说："二十年前，我也做过青年，可是我们那时的青年好像不是这样的。现在的青年几乎都是不知爱惜大地的，看他们毒鱼的那种手段，真是令人毛骨悚然，这里面有许多还是大学生。只要有青年来露营，山上人家养的鸡就常常失踪，有一次，全村的人生气了，茶也不采了，活也不做了，等着抓偷鸡的人，最后抓到了，是一个大学生，村人叫他一只鸡赔一万块，他还理直气壮地问：'天下哪有这么贵的鸡？'我告诉他说：'一只鸡是不贵，可是为了抓你，每个人本来可以采一千五百元茶叶的，都放弃了，为了抓你我们已经损失好几万了。'"

这一段话，说得在座的几个茶农都大笑起来。另一个老茶农接着说："文山区是台北市的水源地，有许多台北人都怪我们把水源弄脏了，其实不是，我们更需要干净的水源，保护都来不及，怎么舍得弄脏？把水源弄脏的是台北人自己，每星期有五十万台北人到坪林来，人回去了，却把五十万人份的垃圾留在了坪林。"

在山上茶农的眼中，台北人是骄横的、自私的、不友善的、任意破坏山林与溪河的一种动物，有一位茶农说得最幽默："你看台北人自己把台北搞成什么样子，我每次去，都差一点窒息回来！一想到我们辛辛苦苦种出来的最好的茶要给这样的人喝，心里就不舒服。”

谈话的时候，他们几乎忘记了我是台北的来客，纷纷对这个城市抱怨起来。在我们自己看来，台北城市的道德、伦理、精神，只是出了问题，但在乡人的眼中，这个城市的道德、伦理、精神是几年前早就崩溃了。

主人看看天色，估计我们下山的时间，泡了今春他自己烘焙出来最满意的茶，那茶还有今年春天清凉的山上气息，掀开壶盖，看到原来蜷缩的茶叶都伸展开来，感到一种莫名的欢喜，心里想着，这是一座茶乡里一个平凡茶农的家，我们为了品早春的新茶，老远从台北来，却得到了许多新的教育，原来就是一片茶叶，它的来历也是不凡的，就如同它的香气一样是不可估量的。

从山上回来，我每次冲泡带回来的茶叶，眼前仿佛浮起茶农扒一口饭睡着的样子，想着他口中发酵的一口饭，说给朋友听，他们一口咬定：“吹牛的，不相信他们可能忙到那样，饭含在口里怎么可能发酵呢？”我说：“如果饭没有在口里发酵，哪里编得出来这样的故事呢？”朋友哑口无言。

然后我就在喝茶时反省地自问：为什么我信任只见过一面的茶农反而超过我相交多年的朋友呢？

疑问就在鼻息里化成一股清气，在身边围绕着。

清雅食谱

有时候生活清淡到连自己都吃惊起来了，尤其对食物的欲望差不多完全超脱出来，面对别人都认为很好的食物，一点儿也不感到动心，反而在大街小巷里自己发现一些毫不起眼的东西，有惊艳的感觉，并慢慢品味出一种哲学。正如我常说的，好东西不一定好吃，平淡的东西也自有滋味。

在台北四维路的一条阴暗的巷子里，有好几家山东老乡开的馒头铺子，说是铺子是由于它实在够小，往往老板就是掌柜，也是蒸馒头的人。这些馒头铺子，早午各开笼一次，开笼的时候水汽弥漫，一些嗜吃馒头的老乡早就在外面了。

热腾腾、有筋道的山东大馒头，一个才五元，那刚从笼屉被老板的大手抓出来的馒头，有一种传统乡野的香气，非常美味，也非常结实，寻常一般人一餐也吃不了这样一个馒头。我是把馒头当点心吃的，那纯朴的麦香令人回味，有时走很远的路，只是去买一个馒头。

这巷子里的馒头大概是台北最好的馒头了，只可惜被人遗忘。有的馒头店兼卖素油饼，大大的一张，可蒸、可煎、可烤，和稀饭吃时，真是人间美味。

说到油饼，在顶好市场后面，有一家卖饺子的北平馆，出名的是“手抓饼”，那饼烤出来时用篮子盛着，饼是整个挑松的，又绵又香，用手一把一把抓着吃。我偶尔路过，就买两张饼回家，边喝水仙茶，边抓着饼吃，如果遇到下雨的日子，就更觉得那手抓饼有难言的滋味，仿佛是雨中青翠生出的嫩芽一样。

说到水仙茶，是在信义路的路摊寻到的，对于喝惯了茉莉香片的人，水仙茶更是往上拔高，如同坐在山顶上听瀑，水仙入茶而不失其味，犹保有洁白清香的气质，没喝过的人真是难以想象。

水仙茶是好，有一个朋友做的冻顶豆腐更好。它以上好的冻顶乌龙茶清焖硬豆腐，到豆腐呈金黄色时捞起，要切成一方一方，用白瓷装着，吃时配着咸花生，品尝这样的豆腐，坐在大楼里就像坐在野草地上，有清冽之香。

有时食物也能像绘画中的扇面，或文章里的小品，音乐里的小提琴独奏，格局虽小，慧心却十分充盈。冻顶豆腐是如此，南门市场有一家南北货行卖的“桂花酱”也是如此，那桂花酱用一只拇指大的小瓶装着，真是小得不可思议，但一打开桂花香猛然自瓶中醒来，细细的桂花瓣像

有时食物也能像绘画中的扇面，或文章里的小品，

音乐里的小提琴独奏，格局虽小，慧心却十分充盈。

还活着，只是在宝瓶里睡着了。

桂花酱可以加在任何饮料或茶水中，加的时候以竹签挑出一滴，一杯水就全被香味所濡染，像秋天庭院中桂花盛放时，空气都流满花香。我只知道桂花酱中有蜜、有梅子、有桂花，却不知如何做成，问到老板，他笑而不答。“莫非是祖传的秘方吗？”心里起了这样的念头，却也不想细问了。

桂花酱如果是工笔，决明子就是写意了，在仁爱路上有时会遇到一位老先生卖决明子，挑两个大篮用白布覆着，前一篮写“决明子”，后一篮写“中国咖啡”。卖的时候用一只长长的木勺，颇有古意。

听说“决明子”是山上的草本灌木，子熟了以后热炒，冲泡有明目滋肾的功效，不过我买决明子只是喜欢老先生的买卖方式，并且使我想起幼年时代在山上采决明子的情景，在台湾乡下，决明子唤作“米仔茶”，夏夜喝的时候总是配着满天的萤火入喉。

对于能想出一些奇特的方法做出清雅食物的人，我总是感到佩服，在师大路巷子里有一家卖酸酪的店，老板告诉我，他从前实验做酸酪时，为了使乳酪发酵，把乳酪放在锅中，用棉被裹着，夜里还抱着睡觉，后来他才找出做酸酪最好的温度与时间。他现在当然不用棉被了，不过他做的酸酪又白又细真像棉花一般，入口成泉，若不是早年抱棉被，恐怕没有这种火候。

那甘美的酸酪要配什么呢？八德路一家医院餐厅里卖的全黑麦面包，或是绝配。那黑麦面包不像别的面包是干透的，里面含着一些浓香的水分，有一次问了厨子，才知道是以黑麦和麦芽做成，麦芽是有水分的，才使那里的黑麦面包一枝独秀，想出加麦芽的厨子，胸中自有一株麦芽。

食物原是如此，人总是依着自己的喜好，这喜好往往与自己的性格和本质十分接近，所以从一个人喜欢的食物可以推测出他的人格。

但也不尽然，在通化街巷里有一个小摊，摆两个大缸，右边一缸卖蜜茶，左边一缸卖苦茶；蜜茶是甜到了顶，苦茶是苦到了底。有人爱甜的，却又有人爱那样的苦。

“还有一种人，他先喝一杯苦茶，再喝一杯蜜茶，两种都要尝尝”，老板说，不过他也笑了，“可就没看过先喝蜜茶再喝苦茶的人，可见世人都爱先苦后甘，不喜欢先甘后苦吧！”

后来，我成了第一个先喝蜜茶，再喝苦茶的人，老板着急地问我感想如何？

“喝苦茶时，特别能回味蜜茶的滋味。”

图书在版编目（CIP）数据

孤独是一个人的清欢 / 林清玄著. — 北京 : 中国友谊出版公司, 2018.9
ISBN 978-7-5057-4509-4

Ⅰ. ①孤… Ⅱ. ①林… Ⅲ. ①散文集一中国一当代 Ⅳ. ①I267

中国版本图书馆CIP数据核字（2018）第221146号

本书由台北九歌出版社有限公司授权出版

书名 孤独是一个人的清欢
作者 林清玄
出版 中国友谊出版公司
发行 中国友谊出版公司
印刷 北京市雅迪彩色印刷有限公司
规格 700×980毫米 16开
16印张 166千字
版次 2018年10月第1版
印次 2018年10月第1次印刷
书号 ISBN 978-7-5057-4509-4
定价 45.00元
地址 北京市朝阳区西坝河南里17号楼
邮编 100028
电话 （010）64668676

如发现图书质量问题，可联系调换。质量投诉电话：010-82069336